王玉清

著

重逢

时代文艺出版社

图书在版编目（CIP）数据

重逢／王玉清著．—长春：时代文艺出版社，2017.7（2021.5重印）

ISBN 978-7-5387-5421-6

Ⅰ.①重　Ⅱ.①王　Ⅲ.①长篇小说－中国－当代 Ⅳ.①I247.5

中国版本图书馆CIP数据核字（2017）第079259号

出 品 人　陈　琛
责任编辑　刘　兮
装帧设计　孙　利
排版制作　陈　阳

重逢

王玉清　著

出版发行／时代文艺出版社

地址／长春市福祉大路5788号　龙腾国际大厦A座15层　邮编／130118
总编办／0431-81629751　发行部／0431-81629755
官方微博／weibo.com／tlapress　天猫旗舰店／sdwycbsgf.tmall.com
印刷／保定市铭泰达印刷有限公司
开本／710mm×1000mm　1/16　字数／143千字　印张／11.5
版次／2017年7月第1版　印次／2021年5月第3次印刷　定价／49.80元

图书如有印装错误　请寄回印厂调换

目录 CONTENTS

第一章　从城市到农村

1968年11月18日，从西伯利亚吹来的西北风正强劲，寒冷化作一把利刃，以摧枯拉朽之势在天地间横行。乌云涌动，天空越来越厚重，慢慢压下来。

午后时分，两辆马车在寒风中缓缓而行，是正阳市城郊六棵树生产队的农民赶着马车去公社迎接刚刚来下乡的知识青年们。领头的马车上坐着一个年轻俏丽的姑娘，她身穿一套蓝色铁路服式样的棉衣，围着一条红色的围巾，那一抹红色在这昏暗的天气中格外显眼，这正是妇女队长田秀。

她把脸转向身旁赶马车的石峰队长问："队长，这次来咱们队的知青有多少人哪？"

石峰是个刚刚三十二岁的年轻汉子，中等个头儿，长方脸，浓眉大眼。他看着身边脸上还未脱去稚气的仅有十七岁的妇女队长说："听说有十二三个人呢。"

田秀瞪圆了一双东方女孩长形的眸子，好奇地问："有几个女的啊？”

石峰说："有五个女的，七个男的。来咱们队的这些知青可有文化了，听说他们就要考大学了，'文化大革命'了，才没考成。他们都比你大。"

田秀有些惊奇，她低下头，用手拍了拍落在衣襟上的灰土。

风无序地刮着，田秀被冻红的鹅蛋脸，虽然蒙上一层薄薄的灰土，但仍掩盖不住她那青春俊美的容貌。她用手擦擦眼皮，眉毛显得更加乌黑。石峰扬扬手中的鞭子，鞭子轻轻打到行进的马背上。马稍稍加快了点儿速度。随着马车叮当的响声，石峰放开喉咙唱起了军旅歌曲：

"过硬的连队，过硬的兵，过得硬的子弹样样精，过得硬的五好年年红……"

后面紧跟石峰的是民兵连长张大军赶的马车。他笑着大声喊道："队长，你再大声点儿唱，太好听了。"

石峰不理会他，仍在继续唱。

石峰是复员军人，在部队是一名炮兵战士。他回乡务农已经有八九年了，但仍忘不了部队生活。加上他的嗓子好，所以，在田间地头常常能听到他的歌声。唱着唱着，他突然停止了歌声，问田秀："你会唱什么歌？"

田秀抿起小嘴，忸怩地说："俺唱不好。"

石峰说："听说你上学时，还是文娱委员呢！"

"俺只会扭秧歌。"

石峰笑笑说："等知识青年来了，你教他们扭秧歌吧。"

待了一会儿，石峰似乎很认真地说："对了，知识青年来了，你要多多帮助女知青，别看她们比你大，论起干活儿来，那可是没法和你比呀！"

田秀点点头，若有所思。

看到公社的房子了，石峰又扬起鞭子，甩在马背上，喊了一声："驾！"

马车加快了速度朝公社的房子驶去，也驶进了一群年轻人的生活。

公社会议室里，坐着几十名刚下乡的知识青年。大家都在等待着自己要去的生产队来接他们。或许他们等待的是一段未知命运的开启，大家怀着各种心思坐在公社会议室里，有人摩拳擦掌要去广阔农村准备大干一番；有人忧心忡忡，不知道能否适应在农村的生活；有人恋恋不舍，放不下城里的父母与亲友。

知识青年邵大光等十二人被分配到六棵树生产队。他们分坐在两辆马车上。随着马车的一路颠簸，来到了他们的驻地——六棵树生产队集体户。集体户的房子是泥土房，大门在中间开，门里两侧是锅台。东屋给女生住，西屋给男生住。住在西屋的男知青集体户户长邵大光放下自己的行李，便来到了女生屋里，他帮助一个梳短发、中等个子的女生林雪打开行李，推到炕里头，抬起头笑着对其他四个女生说："我也帮你们整理行李吧。"

矮个子圆脸庞的王莎莎用手理理她短辫子的辫梢，俏皮地抬抬肿眼泡的眼皮，撇撇嘴说："不稀罕。"说得其他三个姑娘都笑起来。

邵大光也笑了。他看看林雪说："你们放好行李就休息吧。"说完，他推开门回了男生屋里。

乡下的生活就这样开始了。冬天农村的活儿不过是起猪粪和往地里送猪粪。没有干过活儿的知识青年们在凛冽寒风中跳进猪圈里刨粪、撮粪。幸亏是在冬季，那猪圈的味道不像夏季那样让人难以忍受，只是一天下来，两个胳膊就酸疼得都有些不听使唤了。但大家嘴上谁也不说累，他们知道，到农村就是接受贫下中农再教育来了，要战天斗地，就不能怕苦怕累。来到农村的第一个冬季，就在猪圈与猪粪的陪伴下度过了，也让这些城市青年体会到了务农着实不易。

晚饭的时间到了，大家扛着镐头，拖着沉重的双腿向集体户的方向走去。

集体户里王莎莎正在做饭，这个姑娘虽然已经二十二岁了，但在家里从来没做过饭。在集体户里大家都是轮流做饭，这回轮到她做饭了。米饭大概怎么做，她略知一二，匆匆洗了米就放到锅里去煮了，可菜要怎么切，她就不知道了，拿起一棵白菜，手里握着菜刀，站在那里发呆。这菜到底要怎么切呢？大家可都要回来吃晚饭了。王莎莎心里也着急。于是她不管三七二十一横切几个大块就放到锅里了，看着白菜在水里咕嘟咕嘟一阵，就捞了出来，放到一个大铁盆里，心想可算做好菜了。这时飘来一阵焦煳味儿，糟了，锅里的小米干饭糊了！王莎莎顿时慌了手脚，只知道不能再煮下去，于是用毛巾把右手包住，把手伸向灶坑里，用木棍把火扒出来，浇上些水，烟气水汽立刻弥漫在屋里的上空，并向外面扑去，焦煳味儿散开了。

晚上收工，知青们回到了集体户。累了一天了，大家就盼着晚上这顿饭呢。他们把饭菜盛到碗里，男知青徐光往嘴里扒拉了一口小米饭，眉头皱了起来，强咽下去便走出门外。他站在锅台前，对着女寝喊："这饭咋做的呀？！生不生，熟不熟的！"

王莎莎端着碗一脸歉意地说："真对不起，有点儿糊了，我提前把火撤出了。"

徐光紧锁八字眉，无处泄愤，只能用筷子敲打两下碗边，转身回屋了。

赵艳看看饭，没有吃，尝了口菜。

"没放盐。"赵艳脱口而出。

王莎莎伸伸舌头，推开门把盐坛放到锅台上，大声说："锅台上有盐，自己调咸淡吧。"

男生屋里，大家皱着眉头在吞咽那煳焦的小米干饭。白菜炖得硬邦邦的。李森涵去外屋锅台拿盐坛子，回来后他把盐坛子放在桌子上，用筷子蘸点儿放到碗里，边吃边说："这哪是饭哪？！简直是猪食！"

徐光把碗往桌子上一放，说："不吃了，睡觉。"说完便倒在炕梢，躺在行李上。

邵大光心想："不吃饭怎么行，明天还要干活儿呢。"他慢慢地嚼着小米饭，一会儿又吃几个菜叶。他苦笑着看看大家说："行了，谁在家做过饭哪？再说了，这里的锅又这样大，第一次做饭谁能保证做好？叫我做，可能还不如这呢！换位思考一下吧。"

大家沉静下来，皱着的眉头也渐渐地舒展开来。

饭后，王莎莎怀着歉意在锅台上洗刷大家放的碗筷。透过玻璃窗，望着漆黑的夜空，她觉得心也变窄了，心想："都怪自己，在家懒得连袜子都是妈妈给洗，若是在家和妈妈学做饭，今天哪能丢这么大的丑呢，唉！"

想着，想着，碗也刷完了。她用擦锅台的抹布擦擦湿湿的双手，推门进了女生屋。

刚到屋里，王莎莎脑子顿时觉得发蒙了，她看到自己放在炕头的行李被挪出一尺远，炕头放上了其他几个女生的黑棉胶鞋。她有些恼火了，带着哭腔说："怎么的，我饭没做好，你们竟用这种方式惩罚我呀？"

坐在炕上正在揉脚的赵艳咽了一口唾沫，望着王莎莎已经拉长的怒脸，笑呵呵地说："你看，大家在猪圈干了一天活儿，鞋都湿透了，如果不放在炕头上烘烘，明天怎么穿哪？"

王莎莎用手指指炕上排列整齐的湿漉漉的黑棉鞋说："你们没闻到鞋的臭味吗？我挨着它们怎么睡呀？"

林雪站在炕前，把湿湿的袜子放在挂毛巾的绳子上，转头看看快要哭出声的王莎莎，带着生硬的腔调说："你下周不做饭了，从外面回来，鞋也一定会湿的，难道你就愿意第二天穿湿凉的鞋去出工吗？"话音刚落，她又缓和了口气说："我看这样吧，咱们大家在自己的鞋上放条枕巾吧，这样味能小些。从明天开始，大家轮流睡炕头，你们看怎么样？"

林雪把目光移向其他几位户友，赵艳第一个拍手赞成。其他的户友也觉得这是一个好主意。王莎莎用手擦擦含泪的双眼，自言自语地叨咕着说："鞋上还有粪味。这觉怎么睡呀！"

赵艳有些生气地说："现在整个屋子只有炕头热乎，虽然我们睡觉时都戴上棉帽子，可到了半夜，我们哪个没被冻醒过？你看我的脸被冻紫了，抹了几回冻伤膏还没好呢。把这湿漉漉的鞋放在地上，早上还不得冻成冰鞋呀！"静，整个的屋子静静的。

冬去春来，沉寂的大地渐渐苏醒过来。苞米地里的茬子还直立在黑土地上。要播种了，社员和知识青年们在地里刨苞米茬子，刨掉茬子才能给新种子腾出地儿来。这茬子自从上个秋天秋收后，就一直留在地里，经过了一个冬天，地冻成了铁板一块，现在还没有彻底缓过来，女知青们刨得很吃力，刨着刨着，汗珠就滚下了额头。为了不落在男知青和其他社员后边，姑娘们丝毫不敢怠慢，马不停蹄地刨着那些仿佛是来跟她们作对的茬子，甚至都没有时间去擦脑门儿上的汗水。林雪用力地刨着，可仍落在后面，胳膊抬不起来了，腿迈不动了，她真想就坐在地上不起来了。忽然她听到自己的前面有越来越近的刨茬子的声音。抬头一看，噢，是男朋友邵大光在迎着她。邵大光虽然刨着分给自己的那根垄，心却在林雪那里，为了帮助自己心爱的人，邵大光使足全身的力气在飞快地刨呀刨，自己分的那根垄刨完了，他立马赶到林雪的那根垄，在对面接应她。看到邵大光脸上红红的，宽宽额头上汗水淋漓，林雪心里一阵感动，紧咬着的嘴唇也浮上一丝笑意。瞬间，林雪觉得身上有了力气，挥动两臂一下一下地刨下去。

上初中时，曾和田秀在一个班级的民兵连长张大军干活儿一点儿不含糊，他刨起苞米茬子来显得很轻松。看到田秀分的垄和他的垄紧挨着，他便用尽了气力飞快地刨着，自己分的那根垄的茬子刨完之后，他用手腕蹭了蹭额头上的颗颗汗珠，然后转身来到田秀分的垄，又飞快地刨下去。

田秀抬头目视张大军稍会儿，便向张大军的方向跑去，她走近张大军，不但丝毫没有感激之意，反而板着小脸，瞪着一双黑白分明的眼睛急匆匆地说："张大军，你不应该来接我，你我都是队里的干部，要接去接赵艳，你看她落在最后。"田秀用手指了指远处汗流满面的赵艳。

众目睽睽下，张大军难为情地笑了，他为了挽回面子，急忙回应说："妇女队长说的对,我照办就是了。"张大军嘴里这么说,可心里这个气呀!心想:"不知好赖,竟把我的好心当驴肝肺了。"

赵艳看到自己落在了最后,心急火燎地挥动镐头一下一下地刨着坚硬如石头般的金色玉米茬子,她顾不上去擦脸上淌下来的汗水,任凭它们顺着下巴滴落在衣服上,又顺着衣角流淌在还没有完全苏醒的黑土地上。赵艳觉得两只胳膊在发抖,全身的血液在无序地抖颤,带动整个身躯突突地无力。透支的身体令她每抡一下镐头都觉得十分艰难。想到自己家里生活困难,还供她上完高中,到头来竟干这么沉重的活计,委屈的泪水模糊了双眼,继而泼淌在湿漉漉的脸上。泪水、汗水交汇在一起,原本美丽的脸庞竟成了一块湿皮。赵艳闭紧已经发咸的湿嘴唇,真想扔下镐头坐在地上哇哇大哭一场,让汗水、泪水流个痛快。然而她不能啊,赵艳知道此时她只能无声地坚持,因为她是来接受贫下中农的再教育,要是真的放任哭出声来,会受到大家的耻笑,甚至会受到批评的。她想,我宁愿累死在这儿,也绝不能倒下当懦夫。她憋住了力气一下一下地挥动起镐头……

春天的脚步已经踏进了六棵树生产队。四月刚到,春雨就下个不停,地里的活儿也不得不停下来。知识青年们在户里望着打在窗子上的淅沥沥的雨滴,望着泥泞无法下脚的土路,刚开始还为能够歇上一天感到高兴,大家有一搭没一搭地说着话,渐渐地连想说的话都没有了,百无聊赖中,想家的心绪涌上来。离开家这些天了,都没回去过,虽然这些知青年龄也都不小了,但对有些人来说,长这么大还是第一次离开家这么些天。大家商量,反正这天儿也干不了活儿,不如回家待上几日。

苗条秀气的赵艳坐在炕上摆弄着长辫梢,对大家说:"阴冷天在这儿死糗，还不如回家。"

王莎莎说："道这么泥泞，怎么走呢？"

林雪说："咱们穿上球鞋，鞋带勒紧点儿，怎么也能走出去了。再说，到了沙土道就好多了。"其他两个女同学也很赞同。

林雪推开女生的屋门，敲敲男寝的门说："邵大光，出来一趟。"

正在和户友李森涵下棋的邵大光把门推开个缝，露出半边脸问："有事吗？"

林雪向他使个眼色。邵大光走出门外，林雪在他身边说了几句话，邵大光点头说："好吧。"

六棵树虽然是农村，但地理位置很优越。离城市只有三十几里的路程。上了沙石路，再走二十里路，就可以坐上郊线的公共汽车。上车后，不到三十分钟，就能看到城市的公交车站。

这几个知青在户里全副武装起来，找出包行李的白塑料布，你帮帮我，我帮帮你。把自己裹得严严实实后，就冲进雨中，朝着家的方向行进。虽然要走路、倒车再倒车，加上又下着雨，可这几个人归家心切，全然不顾路上有多折腾，雨有多大。到家之后，每个人都成了泥水人。

林雪看到家里亮着灯，那个温暖的避风港，那个在疲惫时无数次想回到的地方，她差点儿哭出来。林雪推开家门，妈妈凤香正好在做晚饭。

"女儿，你咋回来了？"妈妈满脸掩饰不住的喜悦。

"户里没啥事，想家了，就回来了呗。"林雪撒着娇。

妈妈看到浑身湿漉漉的女儿冷得脸色惨白，忙走上前，帮助女儿脱下湿衣服，从柜子里拿出林雪的衣服、袜子。

"这些天咋样啊？"母亲边忙活着边询问女儿的情况。

"挺好的，到农村锻炼锻炼，感觉整个人都结实多了。"林雪换上干净的衣服和鞋袜，然后去厨房洗脸洗脚，用干毛巾拍打浇湿的头发。

"快到被窝里暖和暖和，你说你这孩子，大雨天的……"

看到妈妈已经把她的被褥放下，林雪便一头钻进被窝里，享受着温暖和属于母亲特有的唠叨。

凤香帮她盖好被子，又端来一杯热水，满脸堆笑地问："大光回来了吗？"

林雪躺在被窝里，微微点点头。之后，一翻身把脸朝墙，闭上一双美丽的大眼睛想睡上一觉。

凤香知道女儿累了，便去厨房做饭。本来她想做白菜炖土豆，女儿回来了，她又加了一个挂浆土豆。这些都是林雪爱吃的菜。

林雪是工人阶级家庭的女儿。她的爸爸林师傅是一名火车司机，不常在家。林雪妈妈没有工作，有时一个人在家感到寂寞，常常用摆扑克牌来打发时间。林雪是家里的独生女，林家两口子拿她当掌上明珠。虽然邵大光是林雪的男朋友，但两家的地位相差得很悬殊。林雪是个"根红苗正"的工人阶级的女儿，而邵大光却是反动学术权威"臭老九"的儿子。他的父亲是正阳大学的历史系教授，在授课时宣传孔孟之道，主张对封建的帝王将相不能全盘否定，结果在"文革"中遭到师生们揭发批判。他不承认自己有罪，反而还说，这是尊重历史。更为严重的是，他还向别人说被禁放的乐曲《马兰花开》比有的革命歌曲还好听。他被戴上高帽子游街批斗，遣送到学校农场进行劳动改造。邵大光的母亲在学校资料室工作，对于别人的白眼她已经习惯了。她失眠得很厉害，经常头疼。这也是邵大光下乡后的一份牵挂。虽然他还有个比他大七岁的哥哥，但哥哥受到父亲的影响，本来大学毕业后做技术员，"文革"

时，改调到铸造车间当工人。

邵大光到家时，家里的门上着锁。他知道，妈妈上班还没回来。邵大光打开门锁，家里面空空的，但他的心里满满的。他摘下身上的白塑料布，用手抖抖，把它挂在阳台的杆子上。然后，打开柜子找出衣裳换下来。他去厨房看见家里只有一袋小米和一瓶红腐乳，便拿起一把伞去附近的杂货铺买了两块豆腐回来。回到家里一看，做饭时间来得及，就去厨房打开水龙头，冲了冲头。他觉得很疲倦，一头倒在床上，呼呼地睡起来。不知睡了多久，一阵开门声把邵大光从睡梦中惊醒，抬头一看是妈妈。他高兴地拥被而起，叫了声"妈"。

邵大光的妈妈叫吕兰。她刚刚下班，在小摊上买了一捆大葱。看见儿子回来了，她心里一阵惊喜，笑呵呵地走到邵大光的面前，问："浇得够呛吧？"

邵大光看到妈妈又瘦了一圈，一阵酸楚涌上心头。他说不出话，只是点点头。

吕兰说："我买了捆大葱，咱们今晚吃酱炒葱吧。"

邵大光指指厨房说："我买了两块豆腐。"

吕兰告诉儿子躺在床上歇着，就去厨房做邵大光爱吃的大葱炒酱豆腐。

邵大光就在妈妈叮叮当当的做饭声中又进入了梦乡，仿佛被幸福包围着。在集体户的这些天，每天晚上都是在疲惫中入睡，在睡梦中才能回到家，现在真的回到了家，妈妈就在近在咫尺的地方做着饭，这一切都这么真实，又这么踏实。要不是妈妈做好了饭来叫他，可能会一觉睡到天亮了。

终于又吃上妈妈做的饭菜了，想到在集体户大家轮流做饭，吃着生不生熟不熟的米饭、有时咸有时淡的菜，邵大光就想放慢速度，慢慢品尝妈妈做的饭菜，真是好久没吃到这样可口的饭菜了。

"妈，您最近怎么样？"邵大光最放心不下妈妈的身体情况。

吕兰看到儿子回来，本来暗淡的眼睛一直闪亮着，听到儿子问自己的情况，眼睛又暗淡了下去。

"还行，你不用惦记我，要好好劳动。"吕兰不想因为自己的身体让儿子分心。

"妈，您别骗我，您看您又瘦了好多。"邵大光拆穿了妈妈的谎言，放下了碗筷，郑重其事地跟妈妈说。

"就是睡眠不太好。"吕兰跟邵大光打马虎眼。

邵大光知道妈妈严重神经衰弱，他也知道妈妈最放心不下什么。他安慰妈妈："妈，遇事要想开。爸爸总有一天会回来的，哥哥的工作迟早也会重新安排的。"

听到儿子的开导，看到儿子下乡这段时间，不仅黑了、壮了，而且在逆境中渐渐成长着，她觉得心敞亮了许多，少了一份负担。

知青们在家住了几天，又重新回到了集体户。

天终于放晴了，金色的阳光普照着大地，树木已经发出嫩芽。有了生机，就有了希望。春风和煦，阳光温暖，那寒冷而漫长的冬天，在冬天里大家遭的罪，仿佛都暂时被遗忘了。人，似乎就是这样。

这一周轮到林雪做饭。这些日子，知青们磕磕绊绊也能做些像样的饭菜了，至少能够做熟了。林雪把玉米面放在盆子里，倒了些水揉好，准备做窝窝头。忽然，房门打开了，田秀推门进来。她去公社开会，路过集体户，便进来看看。她看了看林雪揉好的玉米面，笑了。

　　林雪疑惑地看看比自己还要小五六岁的这个妇女队长，问道："你笑什么？"

　　田秀收回笑意说："窝窝头这么做肯定要硬的。"

　　林雪附和着说："可不是，我们大家都管窝窝头叫'瞪眼雷'。"

　　田秀告诉林雪，明天她从家里给林雪带来一块面肥，让林雪头天晚上把面肥和在揉好的玉米面里，盖好捂严。第二天在面里放点儿碱，蒸出来的窝窝头就不硬了。

　　林雪看着眼前的这个小姑娘头头是道地讲着如何做饭，佩服地说："没想到你还会做饭哪！"

　　田秀笑笑说："我妈身体不太好，我经常帮她干些家务活儿，这都是我妈教的。"

　　林雪眨眨她那双大眼睛，长长的睫毛忽闪着，似乎很真诚地说："看来真得向你们贫下中农学习了。"

　　田秀不好意思地摆弄自己的长辫梢说："我可不是贫下中农。"

　　林雪疑惑的眼神凝视田秀，问："怎么可能哪？"

　　田秀笑了："我是贫下中农的孩子。"

　　林雪用手挠挠头，前面的短发有点儿立起，她想："可也是，她又没经过旧社会，受什么苦啦！"

　　于是两人对视一下，笑了起来，少女的笑声是最纯洁的，笑声从开着的房门向回暖的大地上方飘荡着。两人说笑了一会儿，田秀告辞去了大队部。

　　春耕结束了，女社员们挎着篮子在田间大道上拾驴粪、牛粪和马粪什么的。王莎莎和赵艳这两个曾经的城市女青年，现在也要在乡下的路面上捡粪，她俩捡得不多，还是要往前走，一定要把粪捡满筐才能回去。

王莎莎看了看只有半篮子的马粪说："过去在城里，咱们看这些东西会捂着鼻子躲着走，谁能想到今天在这里，这些东西成了'香饽饽'了。"

赵艳看看自己捡的粪还不满一篮子，说："啥也别说了，前两天我还用手抓把粪往地里施肥了呢。"看看篮子里的粪快满了，她们向粪堆走去。

在回集体户的路上，王莎莎问赵艳："你说，邵大光他们几个到城里淘粪，也该回来了吧？"

赵艳看看西边落下的余晖说："如果厕所粪多，应该回来了。"

话说邵大光和队长石峰赶着一辆粪车，他们走街串巷，去了能有十来个公共厕所，才把粪车装满。牛车走得不紧不慢。邵大光手里拿着鞭子，摇了两下，轻轻拍在牛背上，牛车的速度加快了些。

石峰坐在粪车装粪的大铁桶顶部，他略略低头看着邵大光说："在刚才那个大院子里和你说话的女子是你的同学吗？"

邵大光告诉石峰说："那个女生是我初中的同桌，初中毕业后，她考上了卫生学校，现在都上班了，她在市医院当护士。"

石峰说："她和你说话时，离得很远，生怕粪味熏着。"

邵大光说："人家是搞医的，看到我衣裤和鞋上沾了粪水，是害怕我把身上的细菌传到她那儿。"

石峰气愤地说："她那么干净，有能耐别吃饭、别吃菜呀！哪粒粮食哪片菜叶不是上大粪得来的呀！饿她几天看她还嫌不嫌粪脏了。"

邵大光拍拍手上沾的粪液，望着远处的天空，张张嘴想说什么又咽了回去。

邵大光说话时表现得很从容。然而他内心却很失落，心想，还不如去偏远的地方下乡，即使是淘粪也不会让同学看见了。想到爸爸在农场劳动改造，妈妈积劳成疾，哥哥大学毕业却干起了铸造工作，他觉得心口在一阵阵紧缩。

石峰见邵大光沉默不语，把有些倾斜的身了正了正，又开始唱起了革命歌曲：

"革命风雷激荡，战士胸有朝阳……"

1970年，城里工厂开始招工，大专院校开始招收工农兵学员。知识青年们扎根农村的心开始骚动起来。出身好的林雪和户里的两名女同学被抽到市纺织厂，有两名男同学也上了大学。本来大家都一样，从城市来到农村，带着在农村要有所作为的一颗心，虽然吃了很多苦，也遭受了之前未曾遭受过的罪，但毕竟一起来的人都还在，也就安心地在这里待下去。未来会怎样，或许想过，但似乎是无解，至少目前还看不出来，或许根本又没有想过，只是过一日算一日，埋头在这片并非生养自己的土地上耕耘。但是，现在情况不一样了，有人可以回城了！回城或许只是潜藏在深潭中的一个旋涡，从表面上看不出任何迹象。现在，一颗小石子投入潭中，它溅起的涟漪就像一个引子，勾起了那深处的旋涡，旋涡借着涟漪的势力搅动整潭池水。

邵大光看着心爱的林雪就要回城了，他心里是矛盾的。林雪更适合回到城里做一名工人，回到父母身边也有个照应，邵大光应该替林雪感到高兴，但是这样，两人就不得不分开了。这种分开是暂时的，还是永久的呢？邵大光当然是想娶林雪的，他深爱这个女孩儿，林雪的单纯，真的仿佛是深林间的雪，洁白，纯净，没有任何痕迹。没有回城的事之前，他想着也许就这样在农村做一对农夫农妇，每天日出而作日入而息，在广阔的土地上刨生活，刨未来。可是林雪就这样回城了。而自己呢？鉴于父亲的问题，自己还会有回城的机会吗？每每念及这个问题，邵大光都是悲喜交加。

自从听到林雪回城的消息，邵大光表面上还和以前一样，总是无微不至地关照着林雪，提到回城，也是一副为林雪由衷高兴的样子，谁又能看出他内心的煎熬呢，唉！

林雪呢，这个女孩儿真的想得过于简单，她以为既然自己能回城，那么邵大光回城也不过是早晚的事。她甚至开始憧憬着两人以后在城市里建立起自己的小家的美好生活。

秋天来了，庄稼给了农民一个交代，爱情却无法给邵大光一个交代。秋天的风吹得庄稼的叶子在不停地飞舞，邵大光和林雪吃完晚饭，沿着田埂小道向村外的庄稼地走去。两人一路上谁都没说话。

走到一个高岗地，林雪开口了："咱们俩就在这儿坐一会儿吧。"

邵大光把外面穿的蓝制服脱下，铺在垄台上说："坐这儿吧。"

两人并排坐下，林雪低头说："明天我就要回城了，以后你自己在这儿可要注意身体呀！"

邵大光咽下一口唾沫，用低沉的声音说："你回城了，我还留在这里，你们家还能同意咱俩处吗？"

林雪抬起头来，深情地望着身边的心上人说："我等你。"

话刚说出，她两手就紧紧搂住邵大光的脖子，忘情地亲吻他。邵大光也紧紧地抱住了林雪。两个人都觉得能够在一起相依是那么的甜蜜、幸福。

邵大光在林雪耳边呢喃着："回城后要经常来信，只要我回家一定去找你。"在邵大光怀里的林雪娇羞地点了点头。

已经是夜深人静了，两人才开始往回走。

这一夜，邵大光辗转难眠，本来明确的未来被"回城"冲撞得七零八落。

第二天一大早，邵大光就起来了，侧耳听着林雪那边的动静，早饭吃得味同嚼蜡。饭后，他去帮助林雪收拾行李。刚来的时候，他帮林雪打开了行李，今天林雪要走了，又是他帮林雪系上了捆行李的带子。这是不是预示着什么？邵大光的眼睛怎么都无法从林雪如花的笑靥上移开，仿佛是最后的几眼一样。昨晚甜蜜的亲吻，仿佛还留存在唇间，而那亲吻的主人，今后却再也不能朝夕相处了。

邵大光不禁回想起在集体户有林雪相伴的这些日子，一日三餐都在同一个大房子里，上工在同一块地里，随时都能相见，每天见面成了一种习惯，习惯了也就觉得是一种必然，一种天经地义。他邵大光每天都能见到心爱的林雪是再正常不过的事情，直到现在才惊觉那每天在一起的时光是如此珍贵，而且竟然要转瞬即逝了。

"想什么哪？"林雪见邵大光手里摆弄着捆行李的绳子，眼睛却盯着自己发呆，便蹦蹦跳跳过来。

"没……没什么……"邵大光被林雪这么一问才回过神来，急忙掩饰窘态。

"我该走了。"林雪提醒邵大光说。

邵大光一言不发，扛起行李就走，林雪紧跟其后。这一路邵大光和林雪都没有说话，倒是林雪和赵艳打打闹闹，合计着回城都干些什么，两个女孩儿仿佛出笼的小鸟，叽叽喳喳吵个不停。

　　邵大光想就这样走下去，永远不要到车站，长途汽车永远不要载着林雪离开自己。

　　然而，林雪还是回城了。

　　在林雪回城后的日子里，邵大光更加努力地劳动，用忙碌来填补对林雪的思念。而且，他仿佛在劳作中找到了自己下乡真正的意义，这些付出，化作了沉甸甸的收获，那堆积起来的苞米与各种作物，让邵大光感到真实，感到踏实。劳动是抽象的，身体的疲惫是具体的。只有诚实的收获才能够证实那些付出的真实性，并且有意义。

　　邵大光的日子过得忙碌充实。

第二章　恋情的波折

　　林雪已经回城两年了，徐光也抽回来了。然而，邵大光却依然留在农村。他知道，也许全户的人都走光了，才能轮到他回城。父亲的问题令这个二十六岁的青年人的心绪越来越乱。这几次回家，林雪看着他的时候，眼中闪烁的光越来越暗淡了，虽然表面上林雪对邵大光还是那样热情，可相爱的人之间，任何细微的变化都是明显的。邵大光没有直接问林雪，他也知道林雪在城里还是要面对许多问题的，他只是死心塌地地对林雪好，每次回家都要带些乡下的"特产"，新鲜的瓜果蔬菜自然不必说。收获地瓜的时候，邵大光去社员家买了许多地瓜。邵大光要晒地瓜干。他把地瓜蒸熟，切片。晴天晒，雨天收，晒干了后还会经常拿出来晒晒，怕捂久了长毛。这晒地瓜干的过程，被邵大光当成了一种仪式，从买回地瓜到洗地瓜到切地瓜到晒地瓜，每道工序，邵大光心里都是虔诚的，仿佛晒的不是地瓜干，而是他的爱情。看着阳光下的地瓜在慢慢变干，糖分慢慢聚集，邵大光似乎看到了自己爱情的甜蜜也在慢慢聚集。

邵大光带着地瓜干，带着一颗思念的心回了城，没有回家直接去找林雪。邵大光在林雪的工厂门口徘徊，眼睛离不开大门，甚至连眨下眼都怕错过了林雪。下班了，大批工人从工厂大门涌了出来，人虽然多，可是不管有多少人，邵大光还是一眼认出了林雪。林雪看上去有些憔悴，可能是上了一天班有些累了吧。邵大光赶紧迎了上去，林雪看到邵大光，先是吃惊，然后只是一句"你来了"，语气中透着浓浓的倦意。

邵大光的热情并没有被打消，他拿出了地瓜干，并一再关切地询问林雪的身体状况，让她别累坏了，要多注意身体。林雪有些恍惚，听着邵大光的话只是机械地点着头。邵大光说着说着，也说不下去了，看着也快到林雪家了，就说回家还有事，转身就要走。林雪叫住了邵大光，邵大光以为林雪要诉说一下思念之情，至少解释一下今天为什么这么没有精神，可是林雪欲言又止，然后犹犹豫豫说了句"我累了"。

"累了，就好好歇歇。"邵大光安慰林雪，他心里隐隐约约有些害怕了。

邵大光没有回家，直接去找了赵艳。从赵艳口中得知林雪的压力也很大。因为亲属们都在为这个已到大龄的林雪张罗相亲，林雪刚开始还以各种理由推辞，也跟父母闹过几次别扭，可是她真的禁不住轮番轰炸，慢慢地心也开始动摇了。赵艳说林雪找她聊过好多次，诉说心中的苦闷。她是真的爱邵大光，也在一心一意等着邵大光，可是妈妈哭闹，爸爸呵斥，七大姑八大姨苦口婆心地劝，她实在支撑不住了。林雪每次到赵艳这里都是说着说着就哭了，赵艳看着都心疼。

邵大光听着也心疼了，心想林雪怎么不跟自己说。唉，可说了又能怎么样？自己还不是回不了城！回不了城，林雪家人怎么会同意林雪跟自己在一起。邵大光谢过了赵艳，谢谢她对林雪的关心，也嘱咐赵艳今后多照顾林雪一下。赵艳劝邵大光赶紧想办法回城。

回城，邵大光又何尝不想呢？

林雪和赵艳都被抽到市纺织厂工作，成了光荣的工人阶级一员。纺织工人三班倒的工作很熬人。每当林雪下班看到车水马龙的闹市，心里常常在想："难道这里竟容不下大光吗？"她拖着疲惫的双腿，无力地行走在回家的大道上。

秋风瑟瑟，虽然天上的太阳挂得很高很亮，但仍挡不住贝加尔湖吹来的降温冷风。地头上坐着刚刚割完豆子的农民，队长石峰唱起了东北民歌：

"一呀一更里，月牙儿弯，嗯哪哎嗨哟，哎呀哎哟……"

邵大光四仰八叉地躺在地垄沟里，割豆子时被尖硬的豆子皮扎得疼痛的双手有些发痒。他把满是老茧的双手放在肚皮上轻轻地揉搓着，肚皮被划出一道道白痕。想到心爱的人在城里也在为情受着煎熬。林雪再过年就二十七岁了，要成为奔三十岁的老姑娘了，家里家外都要顶着闲言碎语的压力。邵大光决定下工后要给林雪去封信，表达自己的心情。

集体户虽然只剩下三个人了，但仍然是排班做饭。这一天，又轮到王莎莎做饭。近些日子，她觉得身体很不舒服，每到来例假时，肚子总是有些疼痛，还感到身上无力。王莎莎把中午饭做好后，便一头倒在炕上休息，不知不觉迷迷糊糊睡着了。一只苍蝇落在她的脸上，被惊醒的她睁眼一看，已经十一点钟了。她马上起来到外屋，把菜盛到铁盆里，又去水缸前拿起水舀子灌水，准备刷锅。可一看缸里的水已见了底，她拿起水桶匆匆忙忙去院外水井打水。她感觉今天打水很是吃力，用尽全身力气，才把两桶水打上来。她挑着水向集体户走去，此时的王莎莎腿开始发软，体力不支，身子很是疲惫。突然，一个小石子绊了她一下，王莎莎晃悠了几下，身体终于失去了重心，摔在了地上。王莎莎看到水洒了一地，她委屈地坐起来，眼里盈满了泪花。

此时李森涵正下工向集体户走去，他拿着镰刀，刚好在王莎莎后面不远处，看到了这一幕。他大步流星地快走了几步，来到王莎莎面前，蹲下来问："怎么摔着了？"

王莎莎娇嗔地凝视着这个朝夕相处的户友，终于忍不住自己憋闷的情绪，双手捂着脸，竟哭了起来。

李森涵有些不知所措，他站起身，把王莎莎扶起来说："看你都多大了，这点儿小事还值得一哭。以后你再做饭，挑水的事我包了。"为了讨好王莎莎，李森涵笑笑又说："如果是别人做饭，我决不给他挑。"

王莎莎用衣袖擦干脸上汹涌的泪水，笑了。

李森涵把镰刀递到王莎莎手中说："你把镰刀拿回去，放桌子准备吃饭吧。"说完他挑起水桶向井边走去。

目视中上等个子的李森涵那壮实的背影，王莎莎这才发现，这个书生气十足的同窗，今天竟真的像一个成熟的男子汉了。在困难的时刻，能有一个异性来帮助自己，王莎莎感到很欣慰。她忽然想起了林雪，心里顿生羡慕之情。王莎莎想起来，以前每当干农活儿做饭时，邵大光总是竭尽全力地帮助林雪，感到林雪真的很幸福。王莎莎想到自己年龄也老大不小，应该找个男朋友了。今天的摔倒，让王莎莎脑海里顿生一个念头——男朋友的目标就在户里，那就是李森涵。虽然她还摸不透李森涵的心思，但从今天的举动来看，她相信李森涵绝对不讨厌自己。王莎莎一扫刚才灰冷的心，初恋的火苗升腾着，她的脸上转而露出了喜容。

从那以后，王莎莎有意和李森涵靠近。李森涵做饭时，她主动帮助添柴、洗菜。而邵大光做饭时，王莎莎竟不闻不问。邵大光看到王莎莎和李森涵两人接触频繁，猜到他们俩的爱情快要来临了。

这一天，秋雨淅淅沥沥地拍打着地面，林雪端起饭盒嚼了几口饭，有些吃不下去。她坐在食堂最后排靠窗户的餐桌前，望着细雨把外面的世界一点一滴地浇个精湿，她从兜里掏出刚刚看完的邵大光的来信，放在桌上又看了一遍，阴沉的神色布满了她那煞白的脸庞。想到几年的情感就这样结束了，很是不舍。她甚至有些开始责怪父母，为什么当初只生下她一个人？如果要再有几个哥哥或姐姐，也许他们会帮助她和邵大光的。转念又一想，妈妈生她时，因为是难产，险些丧了命。想到这儿，林雪心里一腔哀怨随之散开。

"林雪，林雪。"

林雪抬起头，看到身体臃肿的赵艳端着刚刚买来的炸酱面，向她这儿走来。林雪没有收起桌上的信，站起来向前迎了几步，把赵艳手中的碗接过来，放在桌子上。

已有身孕的赵艳把林雪对面的椅子向后推推，慢慢坐下，斜视一下桌上的信，问："邵大光来信了？"

林雪点点头说："你看吧。"

赵艳眯起双眼，露出神秘的表情说："你们的情书，我可不看。"

林雪发出微颤的声音："这封信你可以看。"

赵艳看着面前情绪异样的好友，猜想到他们之间可能发生了什么。

她双手往工作服衣角抹抹，拿起信翻阅着。一会儿，她把信放在原位说："吃饭吧，都有点儿凉了。"

赵艳是个孕妇，她很注意身体，怕吃凉饭对胎儿生长不利。林雪点点头，胡乱吃了几口，把饭盒盖好，拿起信又重新看了一遍。

赵艳吃完面条，拿出手帕擦擦嘴角，若有所思，一会儿，她开口了："邵大光来这封信，让我更加佩服他啦。你知道吗，在班级里，他可是咱们不少女生心中的白马王子啊！我这是结婚了，才敢说。其实当时我在高二就暗恋他来着，后来我发现他很喜欢和你接近，才不敢往深里想。"

赵艳的话，让林雪大吃一惊。她万万没有想到，面前这个稳重漂亮的好友，当年差点儿成为自己的情敌。不过，一切都过去了。林雪阴沉的脸露出些笑意，她习惯地用手撩了撩额头上的短发，乌黑的头发规整了。她双手拿起这封信笑笑，"说说你的看法吧。"

赵艳知道林雪的笑是勉强挤出来的。她郑重其事地说："邵大光这是明智的选择。你想啊，你回城都快三年了，他仍然没有什么变化。再说了，现在户里还有王莎莎和李森涵呢，下次名额轮到谁还不一定呢。"

林雪说："我听邵大光说，李森涵和王莎莎正谈恋爱呢。"

赵艳说："真到抽工了，该谁上，谁肯定得上，你们还是对象呢，不是抽工时你也回来了吗！"

林雪觉得赵艳说的有道理。她沉思了一会儿，有些不舍地说："我们俩相处五六年了，就这么断了，人家还不说我是女'陈世美'呀！"

赵艳觉得面前的女友太可笑了，便说："你现在也是凭体力吃饭，想想看，如果你们真的结婚，将来像我这样，宝宝谁带？他怎么帮你照顾孩子？再说了，分手又不是你提出来的。"

林雪不吱声了，把饭盒放在兜子里，拍拍手上粘的饭粒说："快到上班时间了，咱们走吧。"

外面的雨停了，林雪和赵艳相拥回到了车间。

邵大光寄出信快一个月了，仍不见林雪的回信。他知道林雪的思想肯定是发生了变化，默认了他的决定。睡眠一直很好的邵大光，这几天却怎么也睡不好，饭也吃不下。李森涵知道邵大光的感情出现了问题，他和王莎莎商量帮助邵大光走出情感的低谷。每当饭后，两人不再出去散步。李森涵约邵大光下棋，两人下得难分胜负。但最后李森涵输得多，他是有意让步，想叫面前的户友开心。

冬天来了，外面的雪下得很大，没有什么活儿可干。李森涵望着屋外白雪皑皑，对躺在炕上脸侧向墙壁的邵大光说："总躺着有什么意思？来，让我杀你一个'回马枪'。"

这句话激得邵大光扑棱一下拥被而起，半嘲讽开玩笑地说："哼，手下败将，竟敢在将军面前逞能。"

李森涵也不示弱，他从炕梢拿起棋盘放在炕中间，抬起头来看着傲慢的邵大光，底气十足地叫号："有能耐今天试试，看看谁能当上将军。"

邵大光把被褥卷起，盘腿坐在炕上，撸了撸袖子，用蔑视的眼神凝视这个胖墩墩的好朋友说："来，来，来，小样儿，还想把我拉下马？！"

李森涵心想："今天，前两局我准不让你，多下几局消磨时间吧。"

果真如此，头一局，李森涵越战越勇，很轻松地拿下了第一局。第二局，邵大光拿出棋王的风范，深谋远虑，虽然赢得很艰苦，但最终还是个胜局。

李森涵故意推开棋盘，说："今天就到此结束吧，一比一多好的结果啊。"

邵大光坚持说："还是三局两胜的吧，任何比赛也没有比两场就结束的啊。"

李森涵顺水推舟说："那好吧。"

第三局本来李森涵抢先占了优势，但最后他故意下了一步错棋，邵大光才挽回了不利局面。看到邵大光多日不见的兴奋情绪，李森涵内心长出一口气，说："哎呀，我的户长，你下棋这下可精神起来了。"

"吃饭了，吃饭了。"王莎莎推开门，向他们喊着。

邵大光把小饭桌放在炕的中间，李森涵出去端饭菜。

几年下来，王莎莎做饭水平大有长进，在田秀的指导下，她做的窝窝头一点儿都不硬。白菜汤里放几片土豆，很可口。虽说没放油，可咸淡适中。三个人都吃得很香。

快要吃完饭，王莎莎抹抹嘴巴说："玉米面快没了，下午咱们三个镩苞米吧。"

邵大光说："现在是十二点十分，咱们饭后小休一会儿，两点开干吧。"

李森涵笑笑说："太好了，下棋用了半天大脑，该睡一会儿了。"

王莎莎下地拿起碗筷说："那就两点干活儿吧。"

午后，外面飞扬的雪片渐渐消停了。集体户的三个人在男生屋里镩苞米，地中央放着一个大的木箱，三人围坐在旁边。邵大光用带尖的筷子粗的铁棍把整个干透的苞米棒从上到下镩掉几条苞米粒，干透的苞米棒像掉了牙似的出现几条豁口。李森涵和王莎莎手里拿着两个带豁口的干苞米棒互相搓，干苞米棒上的苞米粒哗哗地落到了大木箱里。一会儿工夫，搓下来的苞米粒子装了半个箱子。

李森涵伸出两手要接过邵大光手中的铁穿子说："咱俩换换，你也轻松一下。"

邵大光扭了一下身子说："就快完了，下次你再穿吧。"

话出手出，邵大光把铁穿子戳到了左手大拇指上，手立刻被戳了个小洞，鲜红的血流淌到苞米粒上。王莎莎白了李森涵一眼，赶快跑到自己屋里，从包里翻出一些干净的卫生纸，反身回来给邵大光包在大拇指上。血浸透了卫生纸，一层又一层。王莎莎又回屋里拿出一卷卫生纸，换了一层又一层，屋里地上布满了浸着通红通红鲜血的纸。李森涵拿出自己的棉帽子，把邵大光受伤的手套好，眼里闪出焦急担心的神色。

他伸手挎着邵大光的胳膊说："赶快去卫生所处理一下吧。"

邵大光的手虽然钻心地疼，但他仍平静地说："没事，不用惊慌。"

王莎莎打断他的话，推着他的后背，走出了集体户。

外面的雪很厚，封住了一切路面。三个人踩着厚厚的晶莹的白雪，艰难地向前开路。王莎莎回头望了一眼自己的脚印，看到身后留下来的是六个大深坑。他们嘴里呼出的哈气团，飞扬在被雪净化的空气中。邵大光手指的血顺着棉帽子的缝隙滴落在洁白的雪地上，远远看去，仿佛是一朵朵落下的红梅花瓣。

卫生所里，田秀正在和医生学习中医针灸拔火罐的技术。别看她才二十二岁，心气儿高着呢。村里村外相中她的青年不在少数，求媒人上门说亲的也大有人在，可这田秀就是不听父母的规劝。她真的想多学点儿东西，指望自己今后能有点儿出息。这不，又下雪了，这几天她一头扎到卫生所里，向医生求艺。田秀不但肯学、勤快，而且还很聪明。有时是在学习，有时又是在偷艺。几年的勤学苦练，她不但火罐拔得好，还能独立为患者针灸。指导她学医的是一名姓林的女医生，林医生是"文革"前的大学生。1968年从市中医学院毕业后，被分配到大队卫生所。她很喜欢田秀这个乡下妹子，她想，如果真的有一天调回城里，田秀就可以接班了。林医生的丈夫在市委工作，听说年末就下调令，把她调回正阳市，夫妻俩就可以结束两地生活了。

随着一阵急促的脚步声，卫生所的门被推开了，团团冷气冲向屋内，温暖的诊所立刻寒凉了许多。田秀看到脸色煞白的邵大光手里捂着有血包的棉帽子，她眼睛上的睫毛忽闪着，走到邵大光的面前，急切地问："受伤了？"

邵大光不语，目光停留在"血帽子"上。

李森涵帮助邵大光慢慢将"血帽子"抽出，里面的卫生纸已成了血包的纸团。

王莎莎说："刚才穿苞米，铁穿子戳到了他的大拇指。"

林医生见状，迅速把"血纸团"拆下。田秀早已把止血药端到手中。林医生处理好邵大光的伤口，用消毒纱布把受伤的大拇指包扎好，又从柜里拿出注射器，要给邵大光打针。她关心地问邵大光："往哪儿打针？"

邵大光心里嘀咕："废话，这么多人，我能让你往屁股上打吗！"他脸上露出不明显的微笑回答："往右胳膊上打吧。"

李森涵帮他脱下右衣袖，田秀手里拿着装有药液的注射器，用蘸了碘酒的棉签在他的右胳膊上涂上几圈，看邵大光眉头紧锁，安慰说："别怕，不疼，就像蚊子叮了一下。"

邵大光紧闭嘴唇，直视白雪皑皑的窗外。邵大光高大的身躯、安然从容的神色，令田秀顿生敬慕。此时此刻，她觉得面前这个男知青恰似电影中的英雄人物。打完针，她轻柔地问了一声："疼吗？"邵大光笑笑，摇摇头。

看到户友包扎好伤口，王莎莎才打开话匣子。她推了推身旁的李森涵说："都怪你，你要不张罗换人，邵大光能戳着手吗！"

李森涵用手挠了挠头，脸上露出歉意，他拍拍邵大光的右胳膊说："哥们儿，真对不起。"

邵大光心想："你们俩不是唱双簧吧？这哪儿跟哪儿呀。"他看看王莎莎，转脸对李森涵说："是我走了神，怎么能怪你呢。针打了，也包扎好了，咱们回吧。"

谢过林医生和田秀，三个知青脚踏着深雪，向集体户方向行进着。

看到邵大光手指被戳破，田秀心里一阵颤动，一股莫明其妙的情流袭上心头。是爱，还是出于为患者着想？她也说不清。她心里就是放不下邵大光。临下班时，田秀试探着问林医生："林姐，邵大光的手指晚上会疼吗？"

林医生边脱白大褂边随口说："肯定会疼的。"

"那我给他送几片止痛药好吗？"

林医生用手理理头发，看着田秀那询问的眼神，笑着说："将来你若真的当了医生，肯定会受患者欢迎的。"接着又反问了田秀一句："你说为什么呢？"

田秀疑惑地注视林医生那双会传神的眼睛，似乎在问："为什么呢？"

林医生告诉她："因为你心中有患者。"

田秀抿着嘴，无言。

看到林医生拿起手提包要走了，田秀追问一句："我一会儿给邵大光送几片止痛药，可以吗？"

林医生用手指着靠门右侧的柜子说："你现在就拿几片吧。"

田秀高兴地走到柜子前，在一个小盒里拿了一包止痛药，放到衣兜里，她和林医生一起走出了医务所。

晚饭后，田秀回到自己屋里，躺在炕上用手摆弄着那个装止痛药的小纸包。忽然，她像想起了什么，麻利地从炕上爬起，穿上鞋向东屋走去。她推开东屋门，人在外面问里屋的妈妈："妈，咱家有鸡蛋吗？"

妈妈答："今天咱家的老母鸡刚下了两个蛋，你要干啥？"

"妈，我馋鸡蛋了，我煮了吃，行不？"

田秀的妈妈正在挑豆子，笑笑对女儿说："要吃，自己煮去，小馋猫。"

田秀伸伸舌头，关上门，去屋外拿了一把干柴，又往锅里舀了一瓢水，把两个红皮鸡蛋放到锅里，蹲在锅灶前点着火，煮起了鸡蛋。

田秀少女的心，仿佛是锅底的熊熊火焰在升温，在燃烧。想到邵大光在打针时，挺立着身子，目视前方，从容的样子，真是好威武。田秀被火烤红的脸庞露出甜甜的笑容。

夜幕降临，风雪过后夜色一片宁静。吃完晚饭，王莎莎和李森涵在女生屋里拉起话。虽然外面的温度很低，冷风时时穿透门窗向屋里袭来，但火炕烧得热。两个人坐在热炕上还是觉得暖和无比。

李森涵看看窗外渐渐清晰的闪亮的星星说："明天看来是个大晴天

了。"

王莎莎说："这么厚的雪铺盖大地，还是干不了活儿，还不如回家待几天呢。"

两个人商量回家住上几日。说话间，门"吱"的一声打开了。田秀伸进半边脸嘻嘻地笑着，"我打搅你们俩了吧？"

王莎莎嘴一撇笑笑说："你啥时候学幽默了？外面冷，快进来吧。"她伸手拉住进屋的田秀说："坐炕头，这热乎。"

田秀坐在炕沿上，从怀里掏出用蓝布包着的鸡蛋说："我给你们带来了两个鸡蛋。"

在当时，鸡蛋对于集体户的知青来说，真是稀有食物。看到田秀拿在手心里的鸡蛋，李森涵和王莎莎惊愣住了。

田秀又从兜里拿出用白纸包的几片药说："这是林医生让我给邵大光带的止疼药，听说吃煮鸡蛋对愈合伤口有好处，我就煮两个带来了。"

李森涵和王莎莎这才明白田秀为什么会带鸡蛋来，他俩向男生屋努努嘴，意思是邵大光在男生屋呢。

田秀说："这一个给你们，可别争着打仗呀。"

王莎莎真诚地说："你都给邵大光拿去吧。"

田秀说："我明天再给他煮，你们俩分吃一个吧。"说完她留下一个鸡蛋放在炕上。

男生屋里，邵大光头枕着卷好的行李，朝墙躺着，左手大拇指丝丝拉拉地疼。他在责怪自己真的是无用，穿苞米竟把手戳破了，痛得自己连下棋的心思都没有。他把左手抬在眼前，看着厚厚的白纱布，心想："这几天，看来活儿是干不了了，家也不能回了，妈妈本来就神经衰弱，若让她看到自己这个样子，会更加心神不安的。"

"邵大光在吗？"是田秀的声音。

"在，进来吧。"邵大光答应着。他起身坐好，正正身子，笑呵呵地凝视这位妇女队长。心想："这么晚了，她能有什么事呢？"

田秀坐在离邵大光一米远的炕沿上，打开手中的蓝布包，从里面抽出一个白纸包，郑重其事地说："是林医生让我来给你送药的。这是四片止痛药，晚上怕你痛得睡不着觉，要知道十指连心哪。"她又从包里拿出一个煮好的红皮鸡蛋说："我家老母鸡今天下了两个蛋，我给他俩一个。"说话间，田秀向女生屋里指了指。

田秀把手中的红皮鸡蛋放到离邵大光近一点儿的地方，说："这个是给你的，明天我家的老母鸡还能下蛋，我再煮好给你拿来。"

邵大光哪受得了这个，他连连摆手说："那怎么行呢？"

田秀笑着说："你可真够一本正的，吃一个鸡蛋咋的了，再说了，吃煮鸡蛋对恢复伤口有好处啊。人家俩都要了，你就别客气了。"田秀从纸包里拿出一片药，递到邵大光手中说："现在就把药吃了吧，我给你舀水去。"她下炕，开门向外屋走去。

田秀手端着装水的葫芦瓢，递给邵大光。邵大光把药片放进嘴里，咕嘟咕嘟喝下不少水，他还真渴了。看到站在地上的田秀，被冻的脸泛着红晕，长睫毛忽闪着，虽然眼睛不太大，但眸子黑白分明，鼻梁高高的，显得很青春娇媚。邵大光突然觉得面前的这位姑娘有些像某演员。噢，他想起来了，演电影《五朵金花》的那个女主角杨丽坤。

田秀被邵大光定格的眼神弄得不太自在，她站起身来，把红围巾包在头上说："我该回去了。"

望着田秀苗条秀丽的背影，邵大光心里涌起一种从未有过的感受，觉得田秀再也不是他刚下乡时的那个农家妹子了。如今她已经出落成二十出头的漂亮大姑娘了。田秀现在的到来，使邵大光沉寂了几年的心绪荡漾了一下。

女生屋里，王莎莎和李森涵看到田秀在炕上留给他们的鸡蛋，心里痒痒的。要知道在农村，他们是很少能吃上这样的食物。李森涵把鸡蛋拿在手中，递到王沙沙面前说："你吃吧。"

王莎莎看到这个诱人的红皮鸡蛋，口水都要流下来了。她接过鸡蛋往炕沿上磕了几下，用手把蛋皮剥下，放在李森涵的嘴里。李森涵叼着半个鸡蛋在嘴里，另一半鸡蛋在嘴外，他此时说不出话来，只是紧紧地把王莎莎搂在怀里，温柔的眼神燃烧着爱的火焰。他从嘴里发出"啊，啊"的声音。王莎莎用嘴接住李森涵嘴外面的半个鸡蛋，露出甜蜜幸福的神色，顺从地把鸡蛋叼住。两人各自嚼着嘴里的鸡蛋，眸子里荡漾着爱的暖流。

吃完了鸡蛋，李森涵抱着怀里的王莎莎柔情似水地说："莎莎，咱们永远好，岁数都不小了，抽回去咱们就结婚。"

王莎莎心满意足地点点头。李森涵忘情地在王莎莎的嘴上、脸上亲吻着。爱情的甜蜜滋润着他们的心田。燃烧的激情欲火令两颗澎湃的心在贴近，更贴近。

第三章　过尽千帆皆不是

1972年的春节到了，林雪初四就被母亲凤香带着去相亲。这次相的是凤香同学的儿子。听说对方是一名解放军的排长，过几个月就要转业了。两个人见了面不到十分钟，林雪就推说有事，张罗着要走。

凤香知道女儿又没相中，在回家的路上，她一个劲儿地数落："人家哪儿不好，在部队里是个排长，转业到哪个单位都是干部。"

林雪也觉得对方无可挑剔，但就是见面后毫无感觉。邵大光的影子和这个排长重叠在一起，她觉得邵大光真的是魅力无穷。即使在农村干庄稼活儿、淘大粪，也挡不住她爱他的那颗心。想起这几年见过的相亲对象，说实话，条件都是不错的，要模样有模样，要工作有工作，可就是没有感觉，或许真的是"曾经沧海难为水，除却巫山不是云"。经历过与邵大光谈情说爱的时光，她真的就看不上别人了。邵大光的好在她心里浮浮沉沉，就是挥之不去。相亲次数越多，邵大光在她心里的分量越重。林雪脑子里萌生了一种想法，那就是再也不相亲了。即使妈妈再催，也不去。她下决心，一定要等邵大光回来。林雪加快了脚步，把妈妈甩到后头。忽而又没事似的唱起了歌："洪湖水呀，浪呀嘛浪打浪……"

凤香使尽全身气力追女儿，可紧赶慢赶，怎么也没法和林雪同步。本来她身体就不好，加上刚才着急上火，只觉得头晕目眩，眼冒金星，她"啊"了一声倒在地上。林雪听到妈妈的呻吟声，知道自己闯祸了，她停下了大步流星的步伐，回头望去，看见妈妈躺在地上。她往回小跑了几步，蹲下来，把妈妈搂在怀里，急切地呼唤着："妈妈！"

凤香无力地慢慢睁开眼睛，安慰面前惊慌失措的女儿，轻声说："不怕，是我的老毛病犯了，来的时候赶时间，没吃降压药。"

凤香告诉林雪，她的手提包里有一个纸包，里边是一片药，拿出来吃上就能缓解。林雪急忙打开妈妈的手提包，看到里面有个紫色的小钱包，钱包旁边有一个纸叠的小包。她从里面把药拿出来，给妈妈放到嘴里。凤香指指手提包后面的拉锁，林雪打开拉锁，里面露出个装水的药瓶子，瓶里面只装得下几口水。林雪明白了，这是母亲用来吃药的水。林雪把水送到母亲的嘴边，凤香随药而喝。看到妈妈病成这个样子，还得为自己的婚事跑前跑后，林雪眼圈红了，她感到很内疚，心想："自己快奔三十岁的人了，还让妈妈这么不省心。"

看到脸上毫无血色又瘦弱的凤香，林雪忽然感到妈妈很可怜。她索性一屁股坐在地上，把妈妈紧紧搂在怀里，泪水像抛沙似的滴落在凤香的脸上、身上……

凤香看到女儿这个样子，更加难受了。她也知道女儿这些年苦苦等着是为了谁。这个傻丫头，那个人在农村迟迟回不了城，女人最好的时光就那么几年，错过了就找不到好对象。凤香自己也是干着急，劝也劝过了，闹也闹过了，女儿就是想不开。

　　寒风中，街上这对抱在一起的母女，怀着各自的心思。

　　亲情也无法动摇林雪等待邵大光的决心。

　　春节过去了，一切工作恢复了正常。林雪这周是白班，又有和赵艳接触的机会了。赵艳已经怀孕好几个月了，挺着凸起的肚子，在车间里走来走去显得很笨。周围的工人干起活儿来，格外地加小心，怕碰到赵艳。经领导们研究决定，把赵艳调到收发室去工作。只要林雪是白班，她们俩中午吃饭的时候，必在厂里食堂碰头、一起闲聊。午休了，两个人又坐在一起边吃边聊。

　　看到赵艳发福的身形，林雪关心地问："生的时候，你打算到哪家医院啊？"

　　赵艳看了看自己的肚子说："我婆婆已经和市医院的大夫联系好了。"

　　林雪眼里流露着羡慕，把饭盒里剩余的几个饭粒扒拉到嘴里，掏出手帕擦擦嘴角说："你看你这个少妇就要当妈妈了，可我瞎折腾一通，到头来还是要臭到家里哟！"

　　赵艳也吃完了，她开导林雪："不要心太高，差不多就行了，过日子找个可靠的知心人就行了。"

　　林雪长叹了一口气，略微放小了声音说："你说，我的心里总也放不下邵大光，相了好几个对象，没有一个可心的。"

　　赵艳看看手表说："下午上班时间快到了，听我一句话，该放下就得放下。他若抽不回来，你还不结婚了？"

　　林雪苦笑了一下，从座位上站起和赵艳一起走出了食堂。赵艳的话提示了林雪，她很想去邵大光家找他去。可又一想，已经断了联系两年了，冒昧地去人家，能理咱吗？

好不容易盼到了下班，林雪匆匆地走在回家的路上。她决定回家给邵大光写封信，向他表达悔意，并把决心等他回城的想法告诉他。她知道刚刚正月初七，邵大光肯定在家。

邵大光家里一片祥和的气氛，他的爸爸回来了，又开始了教学工作。这些日子放寒假，邵父在家休息，邵大光见父亲坐在写字台前已经写了两个多小时的教学论文，他走到爸爸面前，给他沏了杯茶水说："爸，休息一会儿，喝杯茶吧。"

邵父黑瘦的长脸添加了几道深深的皱纹。他停下笔，端起茶杯喝了几口放下，看着儿子已经长成高大魁梧的大小伙子，心里滋生出一种从未有过的成就感。他笑笑对邵大光说："我的学生当了历史系主任，前年向校方递交了要求我重新工作的报告。领导批准了他的报告，这不，把我调回来了。开学后，我负责课后的答疑工作，没有充分准备怎么可以呢？"

吕兰走过来，脸上露出久违的喜容，她告诉邵大光："教学上的难题，还等你爸解答呢。"

看到爹妈沧桑的面颊浮上舒心的笑意，邵大光心想："我们这才像个家呢。"

大专院校的工农兵学员开始陆续地回校准备上课。吕兰和邵父也上班去了。邵大光准备好衣物要回集体户。

"咚、咚、咚"，几下敲门声，邵大光放下手中的衣包，打开门见是邮递员给送信来了。他手接过信，关好门，看向手里拿的信封，刹那间，熟悉的秀丽字体映入他的眼帘。

"是林雪的信！"他心里在说。

他拿剪刀准备拆开，又犹豫了片刻，改变了主意，打开了煤气炉子，把信放在中央，在燃烧的炉火上面的这封信，瞬间化为一层灰烬。邵大光把灰烬拾起，灰烬顺着水流被冲到下水道里，无影无踪。邵大光打开小气窗，让室内外气流交替循环。一会儿，屋里的烟味消失了。邵大光关上小气窗，两手叉腰长长地呼出几口气。他把两只手用力搓几下，捂住面颊站立一会儿，眼角闪着泪花。

春天的脚步临近了，人们脱去厚重大衣，换上了小棉袄，姑娘们头顶戴的棉帽子换成了彩色的围巾。大地似乎睡醒了，结硬的黑土松软下来。

早晨，社员们集合在队部，等待队长给派活儿。石峰队长手拿着把平板铁锹，站在大家面前安排上午的活儿。出乎邵大光的意料，他被分配和田秀一组。邵大光赶车，田秀跟车。他俩的组合真是强强联手，俩人把刨好堆在田秀家猪圈的一大堆猪粪装上车。邵大光坐在牛车前，赶着车，他摇摇手中的鞭子回头瞟了一眼坐在后面的田秀说："老牛走得就是慢。"

田秀笑笑说："你若赶马车，我还不敢坐呢。"

邵大光不服气地反驳："哪天我非得赶个马车让你坐坐。"

田秀把要掉下来的围巾重新扎好，眼望着前面这个魁梧的知青，愉悦的心情让她的话不知不觉多了起来。她告诉邵大光，多用鞭子拍几下，车速就不会慢，怎么也比人走得快呀。邵大光照她的话不时地扬起鞭子，拍打老牛几下，果真车速快了。到了一片广阔的耕地里，车停下来，两个人下车卸猪粪，然后把这些猪粪打碎，拌上黑土，拿起铁锹撮上拌好的黑土，一下一下地向苏醒了的田地泼撒着。

晴朗的天空浮上几朵棉絮般的白云，飘荡在蔚蓝的空中，太阳的光芒照耀着黑土地。大地陷入一场静默的等待中，放眼望去，视线里出现了前所未有的开阔和辽远。极目远方，仿佛能让目光追逐到天边。邵大光站在地垄台上，望着天际地边，心想："真是广阔天地呀！"

他与田秀怀着快慰的心情扬着土肥。邵大光把目光移向田秀，只见田秀拿着铁锹甩着，舒展的臂膀仿佛是在飘舞，两根齐腰的长辫，随着身体移动飘摆着。在春天大自然的衬托下，恰似最天然最纯粹的舞姿。邵大光为了不让田秀发觉自己在欣赏她，便故意放慢脚步在离她后面约有两丈远的地方撒肥。春风吹拂，阳光沐浴。两个青年男女无声地享受"男女搭配，干活儿不累"的愉悦。

一阵疾风吹来，飞扬的粪肥在空中旋转，邵大光眯缝双眼，紧闭嘴唇，躲避扬沙的袭击。忽然，前面的田秀惊慌地喊了一声"哎呀"，松开双手，铁锹"咣当"一声落了地。田秀蹲下身子，两手捂住双眼。

邵大光焦急地向前迈了几步，站到田秀面前关切地问："怎么了？"

田秀把手放下，紧闭右眼，带着哭腔娇柔地说："我的这只眼睛眯了，磨得很厉害，可能是进去土肥了。"

邵大光把铁锹撒到一边，屁股沉沉地坐到田秀的面前。邵大光掀起蓝棉袄的前襟，把手伸向里面用力擦擦手。他翻开田秀的右眼皮，精心专注地观察寻找那个不安分的土肥粒。两个人互相都闻到了对方的气息，面颊几乎贴到了一起。

一分钟、两分钟过去了。

"在这儿呢。"邵大光高兴地说。

可怎么办呢？他在想怎样才能把田秀眼里的这个"敌人"消灭掉。两人空手攥拳，用手又不行，手太脏。邵大光想到自己小时候眯了眼睛，妈妈用舌尖舔他的眼皮，妈妈常说唾液能杀菌。邵大光临阵救美人，顾不了许多，他嘱咐田秀："你千万别动，我用舌尖把这个坏东西清除掉。"

田秀温顺地点点头，当两个人的身体接触在一起的时候，从未碰过男性的田秀，身体微颤，异性的温存滋润着她的心田。田秀竟无力地躺在邵大光的怀中。一会儿，邵大光收回舌尖，看着两颊飞上红云的田秀问："好了吗？"

田秀睁开双眼，露出甜甜的、灿烂的笑容，"真灵，好了。"

田秀多么希望那脏脏的飞粒能在她的眼睛里多待一会儿呀。她看到邵大光的眼眸中燃烧着一种激情，她的心突然猛烈地跳着。两个青年男女为此时的动作都感到很尴尬。邵大光松开双手，田秀顺势坐立起来。两人几乎同时站起，开始了扬肥。风儿似乎知道自己错了，柔和而微小。邵大光和田秀无声无语在风和日丽、蓝天白云的大自然里，甩开臂膀向沉寂一冬的黑土地施肥加料，共同享受春回大地的温暖。他们对渐渐走来的春天，充满了憧憬。

林雪近几天来总觉得心里不安稳。自从给邵大光寄去那封信后，心里天天在盼着他回信。然而，已经两个多月了，盼来的竟是一场空。各种不祥之兆在缠绕着她。每天早晨醒来，她第一个想到的就是邵大光，睡梦中常常和邵大光相遇，"邵大光"三个字占据了她的整个大脑。想到两年来，自己动摇不定的想法，她觉得羞愧、内疚。通过几次的相亲，她感到任何人在自己的心中都代替不了邵大光的位置。蓦然回首，她这才发现丢失的东西是多么宝贵，在最艰难时，是邵大光无私的陪伴、帮助，自己才度过人生最低谷的时光。想到这儿，她决心再也不相亲了，用一生来回报邵大光，补偿他。

下班了，林雪乘坐的公交车停靠在繁华街道口站牌前，她下了车，向邵大光家的方向奔去。"咚、咚、咚"，林雪敲响了邵大光家的门。屋内吕兰刚刚下班，邵父今天晚上有答疑课，还没回来。听到敲门声，厨房里的吕兰放下手中正在洗的芹菜，用身上的围裙擦擦手，走到门口问："谁呀？"

"是我，阿姨。"林雪微颤的声音答。

吕兰打开门，冷冷地问："你怎么来了？"

林雪勉强笑笑问："阿姨，我可以进来吗？"

吕兰让开，林雪换上拖鞋进了屋。吕兰关上门，指着客厅的沙发说："坐吧。"

吕兰心想："她一定有什么重要的事情，不然，两年都没登这个家门了，今天怎么又出现了呢？"

吕兰坐在林雪的对面，毫不客气地板着脸，从头到脚把面前的这个客人打量个够。心里思考着："两年不见，这孩子怎么瘦了一圈？脸色比在农村的时候差多了。"

林雪伸出双手紧紧抓住吕兰的手，话还没说，泪水已经滚滚而下。

吕兰有些惊慌了，她缓和了口气和蔼地说："孩子，别哭，有什么事需要我做吗？"

善良的吕兰虽然对面前的这个女孩儿有一腔怨气，但此时看到林雪泣不成声，无法说话时，吕兰心软了，反复摸着林雪的手，眼睛湿润了。她抽出手拍拍林雪的肩膀："你光哭，我也不知道是咋回事啊！"

吕兰站起身来，从卫生间拿出一条毛巾递到林雪的手中。泪人似的林雪接过毛巾轻轻拍拍面颊，用红肿的眼睛看着吕兰，哽咽着说："阿姨，我对不起大光，为了不耽误我，他提出和我分手，我默许了。两年了，家人逼我相了几回亲，可看来看去，我越看越心烦，都拒绝了。前些日子，我妈又逼我去相亲，对方的条件和人品确实都很好，可我就是动不了心思。路上和我妈顶撞了起来，妈妈的高血压病犯了，倒在地上差点儿没起来。这两年，其实我过得也不好，精神上的压力远远超过身体劳累的痛苦。妈妈看我一天天消瘦，知道我心中只有邵大光，任何力量也动摇不了，我妈妈才不逼我了。"

吕兰惊讶地张张嘴巴，却不知说什么才好。林雪告诉她，就算邵大光回不来，她也要和邵大光结婚，大不了回农村当农民。吕兰被感动得眼睛盈满泪花说："孩子，人往高处走，水往低处流，这个想法使不得。"

林雪又有点儿激动地说："阿姨，假如邵大光抽回来，不要我了，我就一辈子不嫁人，因为我知道，我的心里是装不下别人的。"林雪把自己的痛苦和决定一股脑儿说出来了。

送走了林雪，吕兰深思了一会儿，心想："这个孩子也真不容易啊，都说初恋刻骨铭心，今天果真应验了。"

吕兰这才理解儿子和林雪分手后，回到家里，时常躺在床上放声高歌的原因。男愁唱女愁哭，在他们两个人身上体现得很实在，很具体。吕兰更加意识到，情感的折磨让人撕心裂肺，更加钦佩儿子没有因爱情的挫折而万念俱灰。吕兰重新回厨房做饭，心想："等老邵回来，和他商量商量，让大光农闲时回家一趟。"

公社两年一次的篮球比赛又要开始了。石峰在部队时就很喜欢打篮球。公社每次的篮球比赛，必有石峰参加。这次篮球比赛，石峰率领打球好的邵大光、李森涵、张大军等人参赛。

1972年5月18日，深蓝色的天空，略带几丝暖意，淡淡的云随风飘浮。石峰带队来到公社篮球赛场。六棵树生产队和前岗生产队开始了篮球比赛。别看石峰已是三十好几的人了，可到了篮球场地，数他最活跃。石峰是队里的核心，作为场上中锋的他每接住一个球，都会跑到一个合适的位置，准确灵活地把球传递给前锋邵大光。邵大光个子高，爆发力强，他的大长腿跑起三步篮，敏捷跳跃起身，举手挥臂把球投向篮筐。场外的观众鼓掌叫好助威。田秀负责看管六棵树生产队篮球队员换下来的衣服。她看着邵大光身穿蓝色运动服的魁梧身躯，望着他娴熟的动作，眼睛里燃烧着一种火焰般的激情。篮球场上的邵大光听到场外喝彩声，更是活跃自如，英姿焕发。今天篮球赛取得了好成绩，六棵树生产队的球员们内心振奋，喜悦溢于言表。邵大光两年来压抑的心绪，此时得到一次激荡的释放。

篮球赛结束了，大家到田秀那儿取外衣，准备穿上。邵大光脸上挂着愉悦的神情，也到田秀那取衣裳。田秀看到邵大光额头上淋漓的汗水，从兜里拿出一条水蓝色的棉质手帕，递到邵大光的手中说："汗都下来了，快擦擦吧。"

邵大光接过田秀的手帕，含笑擦着汗水。

李森涵走过来把衣服拿到手中，看着田秀嘻嘻笑着问："田秀，你给我备手帕了吗？"

田秀脸上略带羞涩，白了一眼李森涵说："要手帕找王莎莎去。"逗得大家哈哈大笑。

邵大光把手帕还给田秀，田秀拿着湿得要拧出水的手帕向石峰队长那儿跑去。她意识到刚才自己反驳李森涵那句话，叫这伙人钻了空子。实际上，自从那次春天撒肥眯眼睛后，邵大光和田秀两个人时时都注意着对方。特别是田秀，简直就像被邵大光迷住了似的。一天看不到他，就觉得心里没着没落的。田秀多么希望干活儿的时候还能和邵大光在一组呀。可是，机遇一直没有降临。眯眼睛事件，邵大光想得并不太多，只是无意中田秀在自己的怀里待了一会儿的时候，身体的接触，使他感受到了田秀清纯的气息。他想起了一句话："人间的一切意外都是上天安排的。"

最近一个时期，邵大光觉得田秀越来越俊俏了。女子二十出头，正是人生中最漂亮的美好时光。忽然，他的脑子里又闪现出林雪的身影，很长时间没见面了，她会变成什么样子呢？邵大光又一想，林雪回城了，一定变得很洋气了。他把田秀和林雪重叠在一起，复杂的心情袭扰着他。

其实，邵大光看在眼里，知道田秀喜欢他，内心也能感受到。但林雪与他分别时，两人坐在空旷的田地里，冲动地搂着、抱着，山盟海誓，好像是昨天发生的事情。真是"弱水三千一瓢醉，今生来世只影同"。

患难的情感，根深蒂固。他想从脑海中把林雪清除掉，但身不由己。田秀出身好，年轻，还是党员。自己是"臭老九"的儿子，怎能配上人家呢？真的和田秀好上了，如果遭到她家人的反对，岂不又是竹篮打水一场空吗！而且，到那时自己的处境将会更糟。邵大光告诫自己，儿女情长的事情，绝不能再向前迈半步。在这里接受贫下中农再教育，好好干活儿，兴许会有回城的那一天。

傍晚，日头一点儿一点儿地沉下去。晚饭后，邵大光和李森涵坐在户外闲聊。院子大门"吱"地被推开了，他们俩向大门望去，是民兵连长张大军。张大军手里捏着一封信，迈步走进院子里。

邵大光和李森涵同时站起，笑呵呵地向张大军打招呼："来了啊。"

张大军走到他们俩面前，把手里的信递到邵大光的手中说："我下工去我叔叔家，走到公社附近，碰见邮递员，他让我把这封信捎给你。"

接过张大军手里的信，邵大光扫了一眼信封的字迹，知道是妈妈的亲笔信。邵大光向张大军客气地道了一声"谢谢"，便回到屋里。邵大光想，家里一定有什么事情，不然，妈妈是不会给他来信的。李森涵和张大军寒暄了几句，张大军就告辞走了。

李森涵回到屋里，看到邵大光坐在炕沿上发愣，便问："谁的信？"

邵大光把信展开，脸上露出疑虑的神色，"是我妈来的，说让我回去一趟。"

李森涵安慰说："那你明天就回去一趟吧，我向队长给你请个假。"

邵大光说："这么晚了，张大军怎么会接到信呢？"

李森涵告诉邵大光："张大军的叔叔是公社的武装部长，邮递员家也在公社附近，看到张大军，便托他把信捎来了呗。"

邵大光担心家里真的有什么事，于是决定明天一早就起程回家。

晚饭后，邵家三口人坐在客厅里仿佛是在开一个家庭会议。

邵大光有些情绪激动地说："我还以为是我妈病了呢，这算什么事，兴师动众的！"

吕兰给丈夫倒了一杯茶水，又去给邵大光倒水，被邵大光拒绝了："我渴，就自己来吧，别在眼前晃荡了。"

"你怎么和你妈说话呢？让你回来也是为了你的终身大事。"邵父沧桑的脸上露出不满。

吕兰坐在邵父的身旁，堆着笑脸说："林雪那孩子，这几年也挺受煎熬的，她妈因为她的对抗，差点儿没病倒在大街上。在林雪爸爸的劝说下，又看到林雪整天以泪洗面，她妈妈才终于妥协了。"

邵大光拿起茶杯喝了几口茶，放下杯子，皱着眉头说："如果林雪心中有我，为什么当初我给她去信，她不回信呢？她受煎熬，难道我就比她轻松吗？"

邵父同情地审视着儿子，眼里闪出复杂的神色。他告诉邵大光："国家的形势，谁也摸不准，况且是一个女孩子呢！就林雪的本意，当时是想听她父母之命，在城里过上幸福生活。可是经过尝试，她从情感上过不了这一关，这证明她爱你已经爱到骨子里去了。即使住高楼大厦，天天吃山珍海味，她也不稀罕。"

吕兰接过话，温和含笑地说："谁也代替不了你在她心中的位置，如果你不要她，她不怕世俗的偏见，宁可臭到家里。"

邵大光冷笑着说："不是我不要她，是她不要我的。"

邵父干咳了两声。吕兰从兜里掏出一张纸，递到邵父的手中。邵父用纸擦擦嘴，嘴边留下一点儿痰液。他把纸扔到桌下的纸篓里。见到能够听进劝的这个可怜的儿子，邵父面色温和地开导："那是你先说分手的。虽然是违心的，但也容易给对方造成误解，我看林雪不错。"他举起两手，提提上身，伸了一个长长的懒腰，感叹地放长声音说："你这小子真有福气，遇到了这样一个执着的痴情女孩啊。"他用眼睛俏皮地看了吕兰一眼。

吕兰不服气，反驳他说："你这是指桑骂槐呀，谁不执着了？你在农场那些年，我在家一宿一宿地失眠，担心你。过年过节，那么老远的路，我都要带着包好的饺子去看你。冬天天冷，我把饭盒用棉衣包了一层又一层，你都忘了啊？！"吕兰用手又指了指邵父的脑门儿说："你个没良心的。"

邵父深情地看看吕兰，挠挠头，嘿嘿地笑了几声。

父母公然在邵大光面前打情骂俏，令邵大光心生羡慕之意。他想："林雪愿意在艰难的时候和自己扛着，理应感谢人家才对，她忘不了我，难道我就真的能离开她吗？"

邵大光打心底不愿和林雪分开，林雪曾经一段摇摆不定的态度，才迫使他与她分手，现在看到事情有了转机，邵大光简直像是卸下了千斤重担，顿觉浑身上下轻松无比。听了父母一席话，邵大光脸上有了笑容，露出几颗洁白的牙齿。他站起身来，挥动了一下拳头说："你们说的对。"

这一拳头仿佛挥走了那些不快的日子，挥出了他和林雪美好的未来。

初夏的阳光明媚而温和，伴着街道两旁成荫的绿树，邵大光心情愉快地走在通向4路公交车站的人行道上。他刚刚从理发店出来，蓬乱的头发理顺了，魁梧的身躯，高高的个子，一个典型北方汉子的形象，映入来往行人的眼帘。他步伐稳健地走着，想到一会儿就能看见久违的恋人，喜悦的心情挂在脸上。他一会儿轻轻地吹着口哨，一会儿抬起手臂摸摸垂下来的树枝上嫩绿的叶子。他觉得美好的生活在一步步向他靠近。

下了公交车，步行十几分钟后，市纺织厂的厂房展现在邵大光的眼前。他抬左手看看手表，时针指向九点五十分。他来到厂子门前的收发室向里张望，一个女收发员正在整理刚刚送来的信件。

"请问，林雪今天是白班吗？"他在收发室窗前客气地问道。

女收发员放下手中的信件，走到窗口向外看去，她的眼睛睁得大大的，突然，她双手击在一起，大声地喊道："邵大光!"

邵大光惊奇地看着面前这个烫着齐耳发型的少妇，熟悉的面孔令他兴奋地喊道："赵艳!"

"快进来。"赵艳推开门，把邵大光让到屋里。她把椅子拉到邵大光面前，热情地让他坐下。

两年多未见面了，赵艳的变化真大。过去苗条的体形，现在变成了粗线条，原来在乡下冻得通红的脸蛋，如今白里透粉，光滑细腻，再配上时髦的发型和装束，是个标准的城市女郎。邵大光此时想到，回城的知青真是大变样啊，与在乡下时候的样子不可同日而语。

赵艳告诉邵大光，她结婚了，儿子已经两个月了。这不才休完产假，刚上班还没几天。从赵艳嘴里，邵大光得知，林雪这些日子过得并不轻松，被情所困的林雪，饭量很轻，瘦得走路都有点儿打晃。上次，邵大光也是从赵艳口中知道林雪的近况。

收发室里钟表上的指针正指向十点整。工人们纷纷从车间里走出门外。

赵艳说："现在是做广播体操时间，我出去看看林雪，把她叫来。"

赵艳站在收发室门前，工人们先后来到操场，赵艳望着林雪进入了自己的视线，林雪也看到了赵艳。赵艳招呼林雪过来，林雪疾步向收发室方向走来。

赵艳对林雪笑笑说："我去一趟厕所，你快进屋，帮我理理信件。"

林雪推开收发室的门，一个大男人站在她的面前，她一眼就认出这个人就是她日日夜夜思念的心上人啊。用不着任何思考，没有半点儿犹豫，林雪扑到邵大光的怀里，紧紧搂住他的脖子，说不出任何话，只有流不尽的眼泪。邵大光两手把住林雪的肩膀，手指碰到林雪的背骨上，他觉得有些硌手。多么熟悉的肩膀呀，今天竟骨瘦如柴了，以前那个朝气蓬勃的少女仿佛变成了纸片。邵大光知道林雪回城后过得很辛苦，他眼角的泪水也滴落下来，前些日子对林雪的怨气一下子都飘散得无影无踪，只剩下了心疼与爱怜。他拨开林雪的短发，亲吻她的嘴唇、脸蛋。林雪闭上眼角已有淡淡皱纹的眼睛，任面前这个男子汉尽情地释放情感。林雪苍白的脸上，渐渐浮上了红云。邵大光把林雪搂住，两个人紧紧地贴在了一起，仿佛任何力量都无法再将他们分开。

一会儿，赵艳轻轻地敲门，小声说："广播体操做完了，有人要到收发室看信了。"

邵大光松开紧抱林雪的双手，用爱怜的眼神看着林雪，拿手勾了一下她的鼻子。林雪破涕为笑，两人一前一后地走出收发室。

邵大光想向赵艳说声道谢的话，只见赵艳往操场方向迈了几步，大声喊："郑师傅，有你的信。"

邵大光跟着林雪一直走到厂房门外，温柔地说："我爸妈今天晚上请你到家里吃饭，你去吗？"

　　林雪喜出望外，她知道邵大光这是在暗示，他们家已经原谅了她。林雪眼里闪动着喜悦，羞涩地点点头。虽然此时的林雪很激动，但邵大光从她那兴奋的目光中看到了后面隐藏的沧桑。临走的时候，邵大光告诉林雪，明天早晨，他要赶上最早的一趟公交车回六棵树生产队。这样，下车后走四十分钟的路程，他用二十分跑完，就可以到六棵树生产队，兴许能赶上铲地。

　　邵大光和林雪分开后，情感上的释放令他心旷神怡，他边走边小声哼着歌曲："我们走在大路上，意气风发，斗志昂扬……"

　　汽车站快要到了，邵大光双手合掌，面对晶莹剔透蓝蓝的天空，默念道："老天爷啊，帮帮我们吧。"这是一个青年对美好生活的渴望，从心底里发出的呼声。

　　邵大光回到家，看到母亲正在做晚饭，准备招待林雪，母亲买了很多菜。听见门响了，吕兰赶紧从厨房走了出来，看到邵大光春风得意的样子，口里还哼着歌，心里顿时有了底，知道儿子这趟去找林雪，两人是顺利地重归于好了。回到厨房，择菜的力气仿佛都大了许多。邵大光洗过手后也来厨房帮忙，想到瘦弱的林雪，他的心又一揪一揪地疼。

　　离林雪下班的时间还有两个小时，邵大光便坐不住了，匆匆忙忙去接林雪。看到林雪从厂房大门出来那一刻，邵大光感觉整个世界都亮了，就算这样等一辈子，只要能看到林雪出来也无妨。林雪看到邵大光，她疲惫的身影顿时充满了活力，向邵大光奔来。相爱的人，无论发生多么大的不愉快，只要爱还在，一旦重归于好，中间那些不愉快就会迅速地彻底地被遗忘。只要看见邵大光和林雪手挽着手一起走的背影，就能感受到这一点，感受到就要溢出来的幸福。

　　这顿晚饭吃得甚是开心，似乎把这顿饭吃成了订婚宴。

六月天刚到就开始热起来，社员们迎着冒火似的太阳在豆苗地里铲草。大家顾不上额头淋漓的汗水，忍着渴得要冒烟的嗓子，都希望把自己分到的那根垄的草快点儿铲完，好坐在地头休息。

石峰看看大家快铲到地头了，便回头鼓励说："加把劲，到了地头就歇气。你们看，张大军挑水给咱们送来了。"

张大军把水挑到地头，放下两个水桶，从身上挎的帆布兜里拿出四五个饭碗，放在地垄沟里说："大家喝水吧。"

张大军先从地上拿起一个碗，用衣袖擦擦脸上的汗水，把碗递给来到桶边的田秀。看到桶边的社员把几个碗抓到手里，咕嘟咕嘟大口喝个够，田秀拿着张大军送来的饭碗，到桶里舀了碗水，走到坐在地上的邵大光面前说："你喝吧。"

邵大光看看张大军知趣地说："你们先喝吧，我歇会儿。"

田秀拿起碗把水喝下，然后把碗递给邵大光，邵大光接过水碗，走到水桶舀了一碗水，大口大口喝下。邵大光还想喝一碗，但又怕后面的人没水喝了，便没再去舀水。

张大军斜视了一会儿田秀，撇撇嘴，心中暗想："你有什么了不起！咱们一个班，别人不了解你，我还不了解你？学习不咋样，全仗扭秧歌、跳舞好当上文娱委员。我这个体育委员也不比你矮半截。"

张大军想到这几年他时时处处向田秀表示好感，可田秀就是装。

"林雪抽走了，你田秀又和邵大光接近了。哼，等我叔给我要个上大学名额，你想找我，我还不要呢。"想到这儿，张大军感到自己身价提高了许多。

傍晚，邵大光洗过脚后，静静地躺在炕上休息。和林雪的重归于好，使他心中的郁结散开了。爱情滋润着他的心田。然而，想到城里的心上人仍在苦苦地等待他，舒展的心情又开始紧缩起来。有什么办法呢，只有等待时机了。

　　田秀喜欢和邵大光接近，邵大光已经觉察到了。即使没有林雪，他也不敢和人家走得很近。为了避免麻烦，他决定把自己和林雪恢复恋情的事公开。他要把这一信息告诉户里的两个同学。他知道王莎莎在第二天就能把这个"新闻"传出去。

　　晚上，女知青屋里，王莎莎正在给李森涵的球鞋缝一个剐破的小洞。坐在炕上的李森涵看着王莎莎隆起的胸，专注缝鞋可爱的姿态，他控制不住燃烧的激情，把王莎莎紧紧搂在怀里。王莎莎顺势倒下，松开双手，鞋和针线"叭"的一声落到地上。两人滚着、翻着，无声地享受着爱情的美好时光。奔腾的情感在膨胀，冲破了理智。李森涵眼睛射出火焰般的光亮，气喘吁吁地顺手拉下灯绳，顿时，屋里一片漆黑。李森涵解开王莎莎的衣服。此时的王莎莎心跳加速，她紧紧把住李森涵的双手喃喃地说："我把身子交给了你，你若先回城，能不变心吗？"

　　李森涵呼吸急促地发誓："我决不先回城，等你回城了，我再回城，你永远是我的媳妇。"

　　王莎莎无语，直挺挺地躺在炕上，任凭李森涵摆布。两个人都很紧张。李森涵怎么也找不到他下边的"小东西"该去的地方，他眼里冒着火光，急切的心有些难为情。李森涵把嘴贴近王莎莎的耳边，小声说："莎莎，你帮帮我。"王莎莎用抖动的手助了李森涵一臂之力。

　　李森涵如愿以偿地释放了他的情流，脸上露出快慰的表情。他搂着王莎莎深情地说："你的身子好像海绵一样，真好！莎莎，你是我的人了，我一定要好好待你。"

王莎莎羞涩地把脸贴到了李森涵的胸口上。

邵大光躺在炕上，等待李森涵回屋，准备向李森涵透露他和林雪重归于好的信息。等了半天，也不见李森涵回来。于是，邵大光决定第二天早饭时再向他们俩宣布。

一个月后，地里的麦子金灿灿的，远远望去，像是一块连着天边的金地毯在随风涌动。社员们在收割麦子。微风吹来，在地里劳作的人们，头上的汗水在洒落、流淌。王莎莎割着割着觉得头晕恶心，她告诫自己要忍住、坚持，一会儿就歇气了。然而，她身不由己，忍不住地扔下手中的镰刀，蹲在地上"哇哇"地吐了一些饭水，洒落在麦子上的黏物，散发出酸臭味。

田秀关心地走到跟前问："莎莎姐，你哪儿难受？"

王莎莎用手抹抹嘴说："没事，有点儿胃痛。"

石峰看到脸色煞白没有精神的王莎莎，已猜出七八分，他预感到王莎莎是在闹"小病"。

收工了，石峰和李森涵手里拿着镰刀，并肩向前走着。石峰暗示李森涵说："你和王莎莎两人都老大不小了，听说这两年不会再抽工了。如果等不了，我看你们俩把婚事办了吧。其实，咱这儿也挺好的，离城市近，回家还方便，传说以后咱们这儿要划归到市里呢。"

李森涵紧锁浓眉，沉默不语。

石峰和李森涵在田间的小道上往回走，边走边聊。王莎莎身体不舒服，田秀陪着王莎莎走在最后面，问她："莎莎姐，你好点儿了吗？"

王莎莎苦笑说："没事，早晨的饭有点儿硬，可能伤着胃了。"

　　田秀又想试探着问问邵大光的情况，她最近觉出邵大光好像哪里不对劲，正好借着和王莎莎聊天的机会问问。田秀装作不经意地问："邵大光自打上次从家回来后，好像变了个人似的，再也看不到他皱眉头了。"

　　王莎莎说："林雪一直没找对象，在等他。现在他们俩和好了。"

　　田秀的心里"咯噔"一下，但表面不动声色，小声说："真好。"

　　田秀回到家里，感觉身体被抽空了，站都站不住，强撑着洗了把脸，便一头倒在炕上，真想蒙被睡上一觉，可却怎么也睡不着，心里翻腾得有如长江水起波浪，心跳不断地加速。她把手放在心窝子上，感觉体内有个拨浪鼓一样的东西在敲打着，嗓子眼儿有些干疼，她强忍着不让眼泪流下来，泪水却不知不觉地淌了一脸。田秀喜欢邵大光，确切点儿说，邵大光就是她心中的白马王子。

　　"田秀，田秀，吃饭了。"妈妈在外屋叫她吃饭。

　　田秀用被头擦干流了满腮的眼泪，答应一声："来了。"

　　田秀为自己还没发芽就死去的爱情感到难过，又暗暗庆幸自己没有向邵大光表露爱情，如果真的是那样，可咋收场啊？！

　　王莎莎"小病"闹得很邪乎，无奈，她只好回家去休息，准备去医院做一下身体检查。回到家里只是跟妈妈说在乡下累着了，想回来歇歇。看着面容憔悴的女儿，妈妈也只当是女儿真的受不了乡下的那份苦，回来待些日子养养。王莎莎考虑到自己有两个月没来例假了，她心里像揣了兔子似的不安，特闹得慌。万一真的是怀孕了呢？王莎莎首先还是感到慌张，她还没有做好当妈妈的准备，何况自己还没结婚，这未婚先孕，说出去可是不好听的。再说，现在跟李森涵还在乡下，未来什么样也拿不准，真要有了孩子，在乡下成了家，做一辈子农民虽然没什么不好，可自己还没考虑这么多，农活儿她能干好吗？孩子将来读书怎么办？

一连串的问题搅得王莎莎一宿没睡着，翻来覆去地做梦，一会儿是真的有了孩子，一会儿又是原来没有怀孕，在梦里自己的心情也是跌宕起伏。第二天一大早，王莎莎便去市里的医院妇产科检查。一个女孩子，来妇产科检查还是头一次，又是因为这个事，王莎莎自己偷偷摸摸地就来了，她想让自己尽量显得从容一些，这样至少表面上能减少尴尬，或许她看上去大大方方的，别人也就不会关注她。不知对错，王莎莎自己是这样想的。所以，她高昂着头，目不斜视，脚步从容地按着大夫的指示进行检查、化验，只有那微微发抖的腿能显露出她内心是多么的恐慌。

几个小时后，化验单出来了。一直在医院等候消息的王莎莎从医生手中接过化验单，上面的结果是阳性。医生告诉王莎莎说："你怀孕了。"医生一脸职业表情，就像其他科大夫对患者说"你的肺有炎症"一样。

王莎莎阴沉着脸问："我的工作很忙，可以把孩子做了吗？"

医生告诉她："可以做人流，但有风险，怕以后会终身不孕的。"听得出，这也是职业回答。

王莎莎从开始进医院的伪装，在这一刻土崩瓦解了，焦躁的心情使脸上毫无血色，拿着化验单跟跄地走出诊室，一屁股沉沉地坐在外面候诊的椅子上，眼里凝聚着恐慌、痛苦和无奈。泪水落在她的脸和前衣襟上。看到身旁的孕妇怪怪地注意自己，王莎莎赶紧用手抹了一下憔悴的面容，手被泪水沾湿了，她便用袖头擦擦脸，无力地走出医院。

这样的身体状况怎么可以到六棵树呢？王莎莎只能厚着脸皮留在家里，她想，在家住久了，李森涵一定会赶回来，会给她一个交代的，出了这种状况也只得等着男方来解决了。一天、两天、三天过去，一个星期过去了，李森涵仍然没有露面，一种不安的情绪缠绕着她。

每天早晨醒来第一时间，王莎莎就会想起李森涵："他怎么还不回来呢？"

渐渐地，一种哀怨的情绪浮上心头。思郎的急切心情，令她身不由己地常常趴在窗前，呆呆地向外张望。渴望的思念成为泡影，她痛苦的心情在加剧，心里积压着太多的抱怨，多么想大哭一场来宣泄一下呀。可在父母面前，她哪里敢？只有趁妈妈出去买菜时，她才能把体内装不了的气流长长地呼出去，号啕大哭。哭声惊天动地，家里的大铁床被她抽颤的身体晃动得发出"吱咯吱咯"的声响……

哭着哭着，她又想到了腹中的孩子，出于母性的本能，王莎莎还是想保护这个孩子的，这时她又不敢哭下去了，刚刚的暴风雨此时又化作了绵延不断的毛毛雨。

这边的王莎莎备受煎熬，李森涵在做什么？绵绵秋雨淅淅沥沥地下了一整天，道路又开始泥泞起来。吃完早饭，集体户的两个男知青在下象棋。纷乱的心绪扰闹得李森涵失魂落魄。已经下了两局棋了，李森涵被邵大光一会儿工夫就拿下了。七上八下的心使李森涵根本无心下棋了，他索性推开棋盘，不耐烦地说："不下了，头有些疼。"说着就势躺到了炕上，接茬想着他那些烦心事。

邵大光也躺在了炕上，想着他的那些甜蜜与忧伤。屋子静极了，只有雨点敲打窗子的声音，让屋子愈发显得冷清。

大门"吱"的一声开了，他们俩谁也没出声。石峰拿着两张表格，低头推门进来，看到躺在炕上的两个大小伙子，他把手中湿湿的油布伞支在地上，把卷好的表格纸铺在炕上说："城里的学校来招工农兵学员了。"

邵大光和李森涵扑棱一下从炕上爬起，简直是异口同声地问："哪所大学？"

石峰望着他们俩急切的眼神里流露着渴望，笑呵呵地告诉他们："是一所技工学校。"

李森涵和邵大光穿鞋下地，看着对面带来消息的石峰。李森涵伸手接过表格，扫了几眼递给身旁的邵大光。邵大光拿着一张表格简单地看了一下，抬起头看着石峰手里还有一张表格，问："那张表格是哪所学校来招生的？"

石峰告诉他们："这是公社特批给张大军的，是南方的一所师范大学。"听后，两个男知青无语。

石峰接着说："下个月又有新的知青下乡，安排在咱们户，你们收拾收拾屋子。"

送走了石峰，李森涵看看炕沿上放的那张技工学校招生的表格说："你去吗？"

邵大光又反问李森涵："你去吗？"

李森涵摇头说："现在别说技工学校的名额，即使是清华大学的名额，我也去不了。莎莎病成那样，我能离开吗？"李森涵知道自己种下的种子，已经生根，就要发芽了。

邵大光拿着那张招生表格心想："林雪还在城里等待我早日抽回城，管他是什么学校，只要读上了，毕了业就是城市户口了，再说是两年制学校，一晃就会过去的，我这不也下乡快五年了吗？现在有车就得上，要等下趟车还不知要等到猴年马月！"

然而，邵大光一想到自己是一名老高三，就这样放弃了上大学的机会去上技校，他又有些心不甘。如果真的上了技校，心里多年的大学梦就彻底破碎了。他把那张表格拿在手里，摸了又摸，忽然像是悟出什么道理。看看雨停了，他便把表格放在帆布书包里，拎起书包向外走去。

快走到公社了，邵大光放慢了脚步，开始犹豫起来，心想："公社能有多余的表格了吗？即使有，能争取来吗？张大军虽然只是初二文化水平，但他是贫农的儿子，咱能和人家比吗？弄不好，可能连这所技工学校都去不成，到头来，岂不要鸡飞蛋打？"

邵大光想到林雪，他刚才还十分激动的情绪回落下来，他用手摸摸装有招生表格的帆布兜子，停下了脚步，回转身来向集体户的方向移步。看看脚上的球鞋已经成了一个泥球，他用手把这些污泥清除掉，觉得轻松多了。

李森涵惦记王莎莎，他知道王莎莎没回来，一定是麻烦的事情来临了，这些日子地里活儿多，他实在没法请假回城去看王莎莎，心里急，饭吃不下，觉睡不好。如今趁着下雨没法下地干活儿，立马就向队长请假回城。

正阳市清江公园的湖边，垂下来的柳树摇曳多姿，清风徐来，水波不兴。岸对面是枫树林，层林尽染。潮湿新鲜的空气，让李森涵和王莎莎这对情人多少天受磨难紧缩的心一点点松弛开来，吸收着大自然的浸润。他们坐在岸边的木制长条椅上，两人紧紧相靠，尽享分别后的相思之苦。相爱的人只要能在一起，只有爱与不爱是问题，其他的都不是问题。

王莎莎依偎在爱人的怀里，妩媚撒娇地说："咋办呢？都是你干的好事！"

李森涵用手抚摸心上人的脸蛋："不怕，咱们尽快结婚，一切问题就都解决了。"

王莎莎抬起头，眼里流露疑惑的神色："那咱们可就抽不回来了。"

李森涵两眼注视对面的红色枫叶，清风拂过，便有一些叶子脱离了枝干，有的落在了地上，有的落在水面，一阵风吹来，有的又回到了枝干上，看上去仿佛是重生了，但是，有的落叶会"化作春泥更护花"，有的却又风干在树上。

李森涵看了半天才回过神来，他用手拍拍王莎莎的肚子说："不是我不想回城，是我们的孩子硬要把他的爸妈留在农村。"他咽下一口唾沫，安慰王莎莎。

"听说两年不抽工，你我能耐住吗？"说完，他用挑逗的眼神凝视王莎莎。王莎莎把头埋在李森涵的胸前。

李森涵这次回来，没有告诉王莎莎他们户里的邵大光就要抽回城里上学的消息。

第四章 爱情结晶的降临

　　邵大光告别了在六棵树将近五年的知青生活，来到了市技工学校就读。在技工学校主要是学习实用的技术，邵大光脑瓜灵活，学什么都是一学就会。邵大光本来还为不能上大学感到惋惜，生长在知识分子家庭，他一直认为只有进入大学里做学问，才是对社会有用的人。选择进入技工学校来回城，就断了上大学这条路，对他来说那是剜肉般的疼。现实环境所迫，再在乡下待下去，真不知道什么时候是个头。能等到上大学的机会，固然是皆大欢喜，等不到呢，岂不是什么都没有了。权衡利弊，或许这样回城也是好的选择。邵大光进入技工学校学习了技术之后，他的思想渐渐改变了，他感觉到这些技术才是实用的，学好这些技术，才能冲到祖国建设的第一线，真真切切地为祖国建设添砖加瓦。慢慢地，他为了即将成为工人阶级一分子感到有些兴奋。然而，上大学的念头仍时不时会出现在他的梦里。

　　学校的学习对邵大光来说并不是什么负担，这可让他多出好多与林雪谈恋爱的时间，像是为了弥补不在一起而错失的那几年时光。从知道邵大光能够回城那一刻起，林雪就感受到了拨开云雾见晴天的滋味。她倒没有为邵大光没有上大学感到惋惜，上了大学又怎样？成了他爸爸那样，吃了多少苦！再说，要不是因为他们一家都是知识分子，也不至于在乡下迟迟无法抽调回城。邵大光上了技校，将来是要进工厂的，就成了工人阶级的一分子，自己一家都是工人阶级，这不是门当户对吗！自己爸妈再也没有反对的理由了。想到了"门当户对"这个词，林雪不禁有点儿脸红。这些年还真是没有白等，虽然中间经历过一些波折，只要结果是好的，中间受多少伤痛都不要紧，林雪时常因为有了好的结果而感到欣慰。

邵家最近真的是好事连连。邵大光的哥哥邵大洪被调出铸造车间，重新回到技术科工作。听说邵大光抽回来了，哥哥和嫂子也非常高兴。邵大光的嫂子吴巧是一名医生，温柔，通情达理。吕兰很喜欢她。这几年，邵大洪工作忙，邵大光又在乡下，吕兰生病时，幸亏有吴巧常来关照。哥嫂利用周日休息时间，回来看望刚回来的邵大光。一家人几年来少有的欢乐，像是积攒起来在今天全部被释放出去。邵家把林雪也请来了。林雪近来也胖了些，昔日的笑容又回到了脸上，也开始注意装扮自己了。土布蓝上衣领子翻白色的假领，蓝色裤子的裤线叠得笔直，配上黑色大绒拉带布鞋，展现出青春自然美。工人阶级的形象给这个知识分子的家庭，增加了点儿时髦的味道。厨房里的吕兰在桌旁择韭菜，吴巧和面。娘儿俩脸上露出舒心的笑容。林雪推开厨房的门，站在门前抿着嘴。吴巧笑着看看这个未来的妯娌说："你进屋和他们说话去吧。"

"他们唠他们的，我来包饺子。"林雪挽起袖子走进厨房。吕兰也没客气，站起身来把位置让给了林雪。吕兰洗完手，开始搅肉馅。她们今天要包一次难得吃上的韭菜馅饺子。

这顿饺子吃得也是其乐融融，自从邵大光下乡后，一家人还没有机会像今天这样乐乐呵呵吃一顿饺子呢。

席间自然提到了邵大光和林雪的婚事，邵大光只知道傻笑，林雪则脸红低着头不语。

好日子，近了。

秋去冬来，随着时间的流逝，人们迎来了1975年的春节。腊月二十二，李森涵带着老婆孩子从六棵树回家过年。看到刚会走路的儿子那稚嫩的小脸被冻得通红，他心疼地把黄色棉大衣的扣子解开，把小家伙裹在怀里。王莎莎给儿子头上的棉帽子往下拉拉，帽子把整个额头都盖住了。她疼爱地看着他们的爱情结晶，柔情地问："大鹏，冷不？"大鹏摇摇头。

李森涵说："汽车已经进站了，快走几步。"

王莎莎加快了速度，嘴里的哈气像喷出的团团白雾在空中飘浮。王莎莎的手把着丈夫怀里的大鹏，问李森涵："听说邵大光和林雪快要结婚了，咱们去的时候带不带大鹏呀？"

李森涵说："婚礼时间那么长，这么点儿的孩子，能扛折腾吗？"他低下头亲亲可爱的儿子说："大鹏乖，等你长大了，爸妈再带你凑热闹。"

说话间，汽车来了，仨人上了汽车。李森涵仍然用大衣把儿子包好让孩子坐在他的大腿上。

王莎莎依偎着李森涵颇有感触地说："邵大光终于毕业了，被分到了拖拉机厂，真好。哎，他们俩快到三十了，才结婚，真不容易呀！"

李森涵听到邵大光在城里加入了工人阶级队伍，再想想自己还在乡下，有点儿不是心思，说："谁容易呀，你我容易吗？"

王莎莎知道李森涵因为什么，她没搭茬，只是闭上眼睛，像是在思考什么。

长途客车上，陆陆续续上来的乘客时不时有嘈杂声，找座位的、放行李的、招朋引伴的，等到车开起来，大家也都安置好了人，安置好了东西，便渐渐安静下来了。路两边倒在地上的干苞米秆子掠过，被抛在后边，车向着城里的方向驶去。李森涵一家感到无奈，过完年，他们又要把城市抛在身后，回到一望无际黑土地的农村。

腊月二十八，邵大光与林雪在邵家举行了简单的婚礼。由于当时实行食品粮食供应制，大家只能围坐在两张大桌子前，吃糖果，喝着茶水。集体户的同学们来了好几个。赵艳也来了，她和王莎莎、李森涵坐在一起，王莎莎看着皮肤细腻的赵艳，心生羡慕地说："你看赵艳真是越长越水灵了，这都是在城里养的呀。"

赵艳用手撩了一下齐耳的短发说："叫你说的，我还成了娇太太不是？"接着她又向昔日的户友诉起苦来："你们知道吗，三班倒的活儿多不容易啊！即使晚上夜深人静，我们也得要干活儿。困的时候挺不住了，就用针扎手和腿，否则，耽误活儿不说，还容易出事故呢。我们挡车工一个人要看二十四台机器，来回走动，还要不时地接线头，手脚没有停的时候。"

王莎莎不吱声，看着赵艳漂亮的脸蛋，心想："大美女也不易呀。"王莎莎低头再看看自己冻得通红皴裂的双手，想想自己贪黑起早在地里干活儿，风吹日晒雨淋，挥汗如雨，自己更是不容易啊。当时一个集体户的几个人，就她和李涵森还没有回城，而且不知道能不能回城，也许永远回不来了，想到这些，王莎莎不禁鼻子一酸。

正当王莎莎思来想去时，只听到李涵森大声说道："新郎、新娘来了。"

邵大光和林雪来回走动在来宾中间，给大家点烟。李森涵接过邵大光手中的烟，用手夹着叼在嘴里。林雪给他点烟，火柴刚着，李森涵一个大哈欠，火焰被扑灭了。接连两次，林雪看出这是他的恶作剧，这回火柴刚点着，林雪用右手捂着火焰，顺利把烟点着。邵大光拍拍李森涵的肩膀，笑呵呵地说："哥们儿，给兄弟我点儿面子。"

李森涵吸了一口烟，长长地喷出团团的烟雾向新郎官扑来，邵大光笑笑。紧跟着，林雪又去给别的客人点烟。

邵父和吕兰高兴得合不上嘴。邵父眼里射出自豪的光亮，他对身旁的亲朋好友们说："这对新人都是工人阶级，是我们家庭的骄傲。"

李森涵端起茶杯站起身走到邵父面前："邵叔，知识就是力量。来，我以茶代酒，祝您身体健康。"

李森涵向来尊重邵父，记得1966年要高考的前一个月，他还来邵父家请教报考志愿一事呢。李森涵怀着崇敬的心情对这位历尽沧桑的学者说："您知识渊博，我们永远崇拜您。"

赵艳插话说："如果那年我们考上大学，我指定是邵叔的学生。因为我第一个志愿就报了邵叔的那个系。"

王莎莎低头偷偷撇撇嘴，心想："别吹牛了。就你那学习成绩，还想考邵叔从教那所名牌大学？"

王莎莎抬头扫视一下桌前的客人们，关心地问："邵叔，新人的新房在哪里？"

邵叔告诉大家，为了新房一事，他们全家开了个家庭会议，最后决定让老大搬回来和他们一起住。邵大光小两口儿住在老大的房子里。这样一来，林雪下夜班需要有个安静的环境休息的问题就解决了。再一个是吕兰身体不好，大媳妇吴巧是医生，可以随时照顾她。而且老大的房子离拖拉机厂很近，邵大光上班也方便。

赵艳脸上挂着羡慕的神色说："林雪给邵家当儿媳妇，真是有福啊。"

大家七嘴八舌地谈着、侃着、笑着。虽然婚礼很简朴，但热闹温馨。

在婚礼上，邵大光从李森涵的口中得知，田秀1974年也上了大学。由于她懂得一些中医针灸知识，所以，石峰到公社给她争取到中医学院的工农兵学员的名额。听李森涵说，当时，大家正在地里干活儿，接过石峰递来的那张中医学院的表格，田秀的手都在颤抖，她把表格贴在脸上，泪水流了满脸，表格都被弄湿了。听到李森涵带来田秀的消息，邵大光不知为什么，心里像是一块石头落了地。

说到田秀上大学了，李森涵深有感触地说："看来，我这辈子上不了大学了。要想上大学，就指望我儿子了。那还得看看他有没有这个造化。"

邵大光安慰他："肯定能行。"

邵大光这句话一半是相信这个朋友有考大学的实力，一半是安慰他，毕竟年龄不小了，还有没有考大学的机会谁也不知道。没想到几年后，此时心情低落的李森涵，为了自己考上大学而雀跃。

1978年恢复了高考制度。这对李森涵两口子来说，无疑是天大的好消息，他们终于能够走入梦寐以求的高考考场，等来了鲤鱼跳龙门的机会。他们虽然有老高三的优越文化程度，可以报一个好一点儿的大学，但是为了减轻家庭经济负担，李森涵和王莎莎都报考了两年即可毕业的正阳市师范学校大专班。李森涵当年在高中时是数学课代表，他很自然地报考了自己喜欢的数学系，王莎莎报了中文系。填写志愿表的时候，两人怀着激动的心情，手微微颤抖着，一笔一画写着，他们填的是梦想，是未来。这张表格，将会带着他们结束多年的知青生活，所有的困苦都将结束。大学的生活，城里的生活，他们曾经是那么羡慕，现在他们也要过上那样的日子了。

机会难得，俩人抱着必胜的决心。而且，要走，必须两人一起走，要不，当年也不会选择都留在乡下，在这种状况下两人必须互相扶持，互相鼓励，相濡以沫。想到过去，展望未来，没有什么借口可以偷懒。白天的农活是耽误不得的，两人只有在本来就不多的休息时间中往出挤。只要有动力，苦也不觉得苦了。

终于盼来了开考的日子，两人的信心是坚定的，脚步也是坚定的。

邵大光和林雪听到恢复高考制度后，心情有如滚滚的长江水也在翻腾着。林雪怀孕已经有九个月了，孩子出生的日子，就在这几天。两个人只好把美好的希望怀揣在心里。

这一天，夜幕降临。邵大光拉上窗帘，挡住了空中的那轮上弦月。林雪躺在床上，觉得肚子有点儿疼痛感。她习惯地摸摸鼓起的肚皮，娇嗔地看着床边的丈夫说："我的肚子有点儿疼。"

邵大光从抽屉里拿出林雪的产前报告说："看来我真的要当爹了，预产期也就在后天。走，穿上衣服去医院。"

林雪看看桌上的座钟，担心地问："已经是十点半了，没有汽车了，咋办呢？"

邵大光下地边穿衣服边说："我骑自行车驮你去。"

看到妻子不安的眼神，邵大光安慰林雪说："去医院这一路上都是柏油路，我会加小心的。外面路灯又很亮，只要坐好了，把住我的腰，没问题。"

林雪这才下地开始穿衣服。

一路上，邵大光骑车倍加小心，他生怕颠着妻子和孩子。在明亮的路灯辉映下，带着对未来美好生活的向往，小两口儿闷住劲儿，用了四十多分钟的时间，来到市产科医院。

在产科医院里，经过各项检查，医生安排林雪住进了产科病房。

邵大光没有回家，他担心有生产前兆的妻子无人照顾，也盼望妻子能顺利生下他的骨肉。

病床上的林雪觉得肚子越来越疼，她内心发誓，即使肚子再疼，也要挺住，决不能喊一声。她疼得脑门儿上沁满了汗珠，疼得她躺不下，只能站在床头前，把着床的铁栏呻吟着。看到妻子疼得全身在发抖，邵大光紧紧抱住林雪的后背，眼窝湿润了。林雪终于疼得忍不住从喉咙里发出"哎呀，哎呀"的叫声。

女医生来了，看看林雪苍白的脸色说："小点儿声，谁生孩子之前都疼，没有像你这样叫唤的。"

邵大光被激怒了，他冲着女医生歇斯底里地喊："咋说话呢？！你没看见她疼得全身都在发抖吗？难道你生孩子时，就真的没出一声吗？"

女医生在病房里几个产妇谴责目光的逼视下，无声地退出了产房。约有十几分钟的时间，产房里来了七八个穿白大褂不同年龄的男女医生，他们把林雪扶上了床，一个约五十几岁的男医生用手摸摸林雪高鼓的肚子，严肃地对其他几位医生说："这是高枕位产妇，相当疼了。"在场医生用同情的目光注视着林雪。

林雪终于被推进了产室，她的脸白得没有一丝血色。两天的折腾已经没有力气生下自己的宝宝了。她心里怨恨自己没出息，连生个孩子都这么费劲。看人家赵艳生孩子，就像鸡下蛋一样，根本没遭罪。林雪常听老人讲，大龄妇女生第一胎，难产风险相当高。

林雪进了产房，邵大光这才脱开身给嫂子吴巧单位挂了电话。吴巧和吕兰赶来了，带着产妇用的卫生用品和婴儿用品，焦虑地在产室外等候。邵大光越加坐立不安，在走廊里来回踱步。

林雪已没有能力生出孩子了。医生决定给林雪打催生针，用产钳术来助林雪生孩子。几十分钟过去了，婴儿终于从林雪体内被产钳夹出来。没有听到婴儿的哭叫声，一个女医生把婴儿倒拿着，照小屁股"叭叭"拍了两下，响亮的婴儿哭叫声让林雪睁开了无力的双眼。这个婴儿象征她和邵大光生命的延续，女医生高兴地告诉她："恭喜你，生了一个七斤半重的千金。"

林雪看到女儿后腰上还有一个指尖大的黑痣，她脸上露出了喜容。林雪闭上双眼，享受疼痛后的幸福。她又听到那个五十多岁资深大夫告诉女医生说："现在，给婴儿肌注止血针。"林雪听后，竟昏昏沉沉地睡着了。

产室外，邵大光、吕兰和吴巧怀着忐忑不安的心情等待着。终于，产室的门开了。女医生出来告诉他们，林雪生了个女孩儿，七斤半重。由于是产钳术助产，防止婴儿颅内出血，已经给肌注止血针了，孩子的健康没问题。

三个人听后，都长长吁了一口气，脸上这才流露出兴奋的神采。

吕兰高兴地说："老大给我生了个孙子，老二又给我添了个孙女，咱们家可真是人丁兴旺啊！"

吴巧看着眼里满是幸福之光的小叔子说："当爸爸了，高兴吧？！"邵大光连连点头，咧着嘴只是傻笑。

吴巧说："我就是喜欢女孩儿，你可要常回家把孩子抱来，让我稀罕哟！"

邵大光还是傻笑，不停地点头。

考虑到凤香在生林雪的时候也是难产，邵大光怕妻子在生孩子的时候引起岳母精神紧张，就没通知她来产院陪护林雪。

第五章　求学的抉择

一天晚上，林雪把几个月大的女儿楚楚哄睡后，来到桌前，看到丈夫坐在那里对着天上的星星发呆，最懂丈夫心思的林雪，手抚摸着邵大光的肩膀说："没能去参加高考，你后悔了吧？"

邵大光苦笑道："有什么后悔的，楚楚这么小，如果我上大学了，你怎么带孩子？你自己坐车上班就够辛苦的了。"

林雪安慰丈夫说："如果不是爸爸去年去世了，还好办，妈妈情绪会稳定些。"

邵大光皱皱眉头说："爸爸纯属干活儿不要命。"

邵大光的父亲已在去年去世了。在农场那些年，他父亲把身体给累坏了，又因为时刻处于焦虑担心之中，所以落下了心脏病。他去世的那天，早上起来心脏有些不舒服，因为一直有这个毛病也就没怎么在意，含了几粒速效救心丸，就像往常一样上班去了。没想到，给学生上课的时候就犯病了，速效救心丸还落在家里了，由于抢救不及时，这位一辈子都兢兢业业做学问的学者就这样离开了人世。

邵大光的母亲，在他父亲最落魄的那几年，失眠得厉害，情绪一直不稳定。后来邵父回来了，邵大光也回来了，邵大洪又重新当上了技术员，一切都在向着好的方向发展，邵母的情绪也渐渐好了，可是精神上的伤害似乎是不可逆转的，它一直潜伏在邵母的身体里，像是一条冬眠的蛇，一直在等待时机。邵父的去世，给了邵母很大的打击，她体内那条蛇复苏了，一下子将她吞噬，她又开始情绪不稳，整夜整夜地失眠。这种情况就别指望能给邵大光两口子看孩子了。

林雪有些埋怨地说："我爸退休后不带我妈回云南老家就好了。唉，两家老人没有一家能帮上我们的。"

邵大光不耐烦地站起身向窗前走去，"行了，有什么好抱怨的。这么多年他们为我们操尽了心，我们现在都三十多岁了，还想拖累他们？"

林雪无语，走到床前脱下衣服，蒙被躺在被窝里，泪水浸湿了被头。她在想："谁不想参加高考啊，在学校时，我还是班里的学习委员呢！"

邵大光回头看到爱人在被窝里哽咽，便拽开林雪蒙头的被子，坐在床前安慰妻子也像在安慰自己："行了，哭什么哭，我好歹也有个中专证，咱俩的工资养活楚楚足够了。"

他脱下衣裤，钻进了林雪的被窝。林雪破涕为笑，半推半就地两个人抱在一起。被窝滚成个球，滚着滚着，成了一条直线，静，静静的。

李森涵和王莎莎终于如愿以偿考上了正阳师范学校。五岁的孩子由奶奶和爷爷带着。他们俩每人每月还能得到十五元的伙食补助费。

城里的生活，校园的氛围，使这两个当了十年农民的夫妻有如鱼儿得水一般。他们珍惜重回学校的美好时光，努力学习，加上又有老高三的文化底子，两个人的学习成绩都很优秀。他们手上干活儿磨出的老茧，虽然依稀还可以摸到，但粗黑的手背却恢复了高中时代的白腻。两个人如饥似渴地学着，觉得两年的时间很快。毕业分配了，李森涵被分到了正阳市十二高中任教，王莎莎被分到了三十中学任语文教师。他们的儿子大鹏也开始上学了，孩子和爷爷奶奶住在一起。夫妻俩觉得很静心。

李森涵很知足，他时常开玩笑地和父母说："上学我们也没耽误你们抱孙子。"

说李森涵是鲤鱼跳龙门，一点儿都不为过。因为下过乡，当过农民，熬过苦日子，体会过那种看不见未来的无望，所以他格外珍惜今天的一切。李森涵为了充实自己，以适应教学的需要，1981年考取了师范大学政治函授专业。第二年，他根据自己教数学课程的需要，又考取了业余数学本科专业。要教课，还要同时学习两门本科大学课程。李森涵每天回家吃完晚饭，就坐在写字台前复习课程。节假日更是忙。寒暑假要去师大听课，回来还要复习功课，准备考试过关。

王莎莎有时露出不满的情绪说："你学习一科就可以了，同一时间要学习两科，让人家也和你挨累。"

李森涵笑笑，不和王莎莎理论，他知道妻子也很辛苦，他没有理由惹妻子生气。

时光流淌到1985年，吕兰的身体越来越衰弱了，她不但失眠得很厉害，而且经常拉肚子。近些日子，她又发现大便里经常带血。吕兰怕给孩子添麻烦，对自己的病情只字不提。有一次，她早晨解手，正好赶上停水，便池没冲净。儿媳吴巧进来上厕所，发现便池里残留的血便，联想婆婆吕兰近半年来明显消瘦，凭医生的直觉，她推测出婆婆的病情已经很严重了。吴巧坚持要带婆婆去医院进行体检，吕兰自己心里也一直惴惴不安，寻思检查检查也好，便跟着吴巧去了医院。

检验报告出来了。吴巧手拿着报告单，惊呆了，她立在医院的诊室里，眼睛湿润了。想到婆婆历尽艰辛，刚刚过上好日子，可晚期肠癌这个魔鬼，正虎视眈眈地盯着婆婆。回忆起自打她和丈夫结婚以来，公婆对她待若亲女儿，百般呵护，公公走了，婆婆又……

吴巧不舍的情绪涌上心头，眼泪哗哗流下来。

吴巧把化验单装进包里，擦干眼泪，平复情绪，走出诊室去见坐在走廊里椅子上的婆婆。

"妈，没啥事，就有点儿炎症，吃点儿消炎药就好了。"吴巧故作轻松。

"哦，我觉着也不能有啥事。"吕兰放松了下来，显然她自己刚刚也很担心。

傍晚，雨淅沥沥地拍打窗子，虽然是春夏之交的五月份，但空气仍然让人感到有凉意。要完全暖和起来，还需要一段时间。晚饭后，吴巧收拾完碗筷，解下围裙，她推开吕兰卧室的门，看到婆婆脸朝里侧身弯曲躺在床上，整个身躯竟然那么小，虽小，但她是曾经支撑起整个家庭的伟大母亲。吴巧感到面前的婆婆很可怜，一阵心酸，眼里瞬间盈满泪水。吴巧用袖头擦擦眼睛，正好被翻过身的吕兰看见了。吕兰慢慢坐起，关心地问："你的眼睛怎么了？"

吴巧咧咧嘴，强作笑颜说："好像眼睛有点儿磨。"

吕兰伸出手臂说："过来，让我看看。"

吴巧掩饰说："刚才用手抹了两下，好像又好了。明天，我买瓶眼药水，点上就能好。"吴巧坐在吕兰对面的椅子上，笑眯眯地看着婆婆说："妈，这两天我串休，您想吃什么，我给您做。"

吕兰说："不知什么原因，我就是没有食欲。你问问大洪想吃什么，你想吃什么，你们只管做好了。"停了一会儿，吕兰似乎想起了什么，问道："今天咱去医院，我的那个化验单呢？给我看看呗。"

吴巧笑呵呵地看着吕兰，"我收起来了。就是慢性肠炎，没啥好看的。"吴巧脸上的表情又严肃起来，像命令又像规劝："妈，您这虽然是小病，可有病就得趁轻治，等到病成了气候，那就晚了。我问护士长了，说这两天正好有床位，还是单间呢。我看咱们还是住院治疗吧。"

吕兰问："这肠炎也需要住院？"

吴巧这时候俨然已从儿媳妇的角色转换成了大夫的角色，对吕兰说："老年人本来肠胃消化能力就差，所以得住院好好调理，不然会对其他器官的机能造成影响。"

吕兰仿佛被吴巧这医生的派头震慑住了，连连点头，又问："周日医院也收病人吗？"

吴巧点点头说："等大洪回来，我再跟他说说，正好他周日休息，就给您办理住院手续。"

雨渐渐地小了，夜深人静，外面的雨声还是依稀能够听得见。大洪和吴巧躺在床上，商量着给吕兰治病的事情。吴巧告诉大洪，通过会诊，科主任告诉吴巧，病人一是年事已高，又是癌症晚期，并且癌细胞已经扩散，开刀治疗没有什么效果，住院就是尽量减少患者的病痛。

大洪急切地问："主治医生说没说，咱妈能挺多长时间？"

吴巧告诉大洪："妈的日子不多了，也就是几个月的时间。"

大洪哽咽得说不出话，吴巧紧紧搂住大洪，两人眼泪又夺眶而出。

邵大光和林雪听到吕兰的病情，先是惊讶，简直不敢相信自己的耳朵，随即陷入极度的痛苦中。邵大光想到多少年来，母亲为这个家，为自己操了那么多年的心，终于积劳成疾，无法挽救，愧疚得他捶胸顿足。

邵大光自从结婚以来，由于工作劳累繁忙，加上孩子的拖累，很少回父母家。他认为嫂子很贤惠，而且又是一名医生，对母亲的照顾自然很周到，没什么可惦记的。现在想到母亲的日子不多了，邵大光悔恨的心绪油然而生。

晚上，邵大光和林雪商量，要先请两个月的事假，由他来陪伴母亲走最后一程。工厂的效益还不错，工资不低，一年到头如果出全勤还有奖金，请事假不但没有奖金，而且还要扣工资，但邵大光现在哪里还顾得了这些。为了弥补自己对母亲的亏欠，邵大光不顾哥嫂的反对，毅然承担起护理母亲、陪伴母亲的重任。

吕兰在家里人的安排下住进了医院。在医院里，吕兰每天上午都打点滴。邵大光坐在母亲对面的椅子上，盯着药液缓缓地一滴一滴流进母亲的血管里，他担心滴得太快，母亲的心脏受不了。又怕母亲寂寞，他就给母亲讲笑话、讲故事听。有时，吕兰听着听着竟睡着了。儿子的笑话，令她病态无血色的面颊露出舒心的笑容。打点滴的几个小时，吕兰在儿子的陪伴下，觉得幸福开心。

早饭和晚饭由家里人送，中午饭，邵大光扶着母亲坐电梯去医院的食堂吃。食堂的饭菜种类很丰富，有南北各种佳肴，他总是让母亲点。吕兰已没什么胃口，吃得很少。她看到儿子给予从未有过的关怀，觉得儿子真的是成长起来了。吕兰想起了一句话："不养儿不知父母恩！"

　　这家医院地理位置相当优越。南面与阳光公园相邻，北面则与正阳市最大的大众广场相望。每天午后，邵大光都要带着母亲去这两个地方散步，呼吸一下新鲜空气。邵大光怕母亲走路吃不消，特意让嫂子吴巧向医院借来一个轮椅，放在病房里准备随时用。阳光公园虽然不大，但风景怡人。绿树成荫的景色，令人仿佛来到了绿色的天地。茂密的青草地，在阳光的沐浴下，散发着在闹市里未有的清鲜空气。扑鼻而来的氧离子，让游园的人们心旷神怡。湖边垂下来的柳树枝叶摇曳多姿，恰似少女在温柔地轻轻飘舞。游园的人往往会不舍地停下脚步，坐在宽大的休闲木椅上，享受大自然的美好景色。对面拱形桥和几个古香古色的亭子与时时泛起涟漪的清凌凌的湖水相映，别有一番仙境之感。天空飞来一只只喜鹊，叽叽喳喳地唱着。远处冲向云端的现代化楼群，巍然屹立。动与静在蓝天白云的衬托下，成为一道城市优美的风景线，让人们流连忘返。湖的侧面还有各种各样的健身器材，吸引人们来这里强身健体。随着悦耳的音乐，中老年人在这里翩翩起舞。看到人们脸上洋溢着愉悦的笑容，脚下旋转着轻松的舞步，真是让人感到夕阳似火，光彩照人。

　　邵大光推着坐在轮椅上的母亲，来到了阳光公园。吕兰毫无血色的苍老面颊上露出一丝笑容。她觉得心肺舒展，呼吸均匀。邵大光微笑着低头在母亲耳边小声说着什么，只见吕兰眯缝双眼，含笑点头。征得母亲的同意，邵大光推着吕兰向公园正门走去。那里有喜爱声乐的人们在唱歌，一首《我爱你，中国》，令吕兰心中溅起少有的浪花，她受到感染，心里与歌手一起默唱着。或澎湃或婉转的旋律，让她时而仿佛在神州大地的壮美山河中畅游，时而好像在华夏五千年的历史长卷里浏览……

看到母亲脸上露出兴奋的神采，邵大光的脸上也露出了笑意。想到母亲历尽沧桑坎坷，刚刚过上好日子，病魔又把她击倒，邵大光觉得命运对待母亲太不公平，咽喉堵闷，觉得透不过气来。照顾母亲的这些日子，这种情绪不时地在萦绕着邵大光。

吕兰转身对儿子说："他们唱得很专业。"邵大光勉强从嗓子眼里挤出一个"嗯"字。

真是母子连心，吕兰觉得儿子情绪不对，问道："你怎么了？"

邵大光极力保持平静，长呼一口气说："我的胃有些不太舒服。"

吕兰知道儿子自打下乡后，落下个胃疼的毛病，便说："那咱们回去吧，我这里还有你常吃的'胃乐新'呢。"

邵大光听后，掉转轮椅，推着母亲朝医院的方向走去。他怕母亲担心自己，走到湖边笑着说："妈，我的胃又好了，刚才可能是听歌激动的。"

吕兰心领神会迎合说："他们唱得真好，我都受到了感染。"

看看时间还早，邵大光低头问："妈，咱们在湖边坐一会儿，你看这里的景色多好。"吕兰点点头。

从公园的柏油路到湖边的木凳上，中间有几个台阶，邵大光怕母亲下台阶吃不消，便双手把母亲从轮椅上抱在怀中。邵大光觉得母亲的体重更轻了，满身就剩下一把骨头架子。邵大光欲哭无泪，他把母亲安放在木凳上坐好，又去大道上将轮椅抬到湖边的木凳旁，轻声地问："妈，累吗？"

吕兰看着儿子，露出笑容："不累。"

虽然吕兰是在笑，可邵大光感到这个笑是那样的勉强。邵大光背转身去，抹去眼角快要流下来的泪水，静默少顷，走到母亲身旁坐下来。

为了能多陪婆婆，林雪下班便会来到医院看望婆婆。赵艳主动提出承担林雪的夜班工作，和另外一个好姐妹一起把白班串给林雪。

楚楚已经上小学一年级了。林雪把家门的钥匙挂在楚楚的脖子上，这样懂事的她放学就可以自己开门回家。好在学校离家不远，和同学们结伴就可以回来了。

这一天下班后，林雪没有直接回家，而是先去商店买了几瓶饮料拿回家，看到楚楚还在桌前写作业，林雪感到很欣慰。

林雪走到桌前问女儿："作业快写完了吗？

楚楚没抬头说："马上就写完了。"

林雪去厨房把饮料打开，倒入奶锅中，在煤气炉上热了一会儿，便倒入小保温瓶中。林雪知道近来婆婆什么也吃不下，婆婆只有靠营养液来维系生命。

楚楚的作业也写完了，问林雪："妈，咱们什么时候去奶奶那儿呀？"

林雪把装好东西的兜子往肩上一挎说："这就走，今天有点儿晚了。"

病房里，楚楚坐在奶奶的身旁，吕兰喜爱的眼神看着孙女，拉着楚楚的手，用微弱的声音说："楚楚天天放学来，很辛苦的。楚楚啊，累了咱就不来。你哥哥去美国学习，别指望他来了。"

楚楚懂事地说："奶奶，我不来会想你的。"

吕兰笑了。

大洪夫妇和大光夫妇四目相撞，也无声地露出了笑容。吕兰感到很幸福，她带着笑容，慢慢地闭上了眼睛，再也没能睁开。邵家人陷入极度的悲哀中，开始料理吕兰的后事。

　　李森涵用业余和函授时间读完了两个本科专业。他的刻苦学习以及取得的成绩，惊动了正阳市的教育系统。三十多岁的人，拉家带口，还要工作。在这种条件下，攻读一个本科专业就够辛苦的了，何况两个。他能坚持下来并取得好的成绩，同事们对此很是钦佩。可他们哪里知道，他背后的女人，他的妻子，付出了更多更多。王莎莎在他学习的四五年里，承担了所有的家务，并照顾孩子，还要正常地上班工作。有时候王莎莎累得直想哭，工作了一天拖着疲惫的身子回到家，饭没做，炉子没生，但一想到爱人在那儿埋头苦读，她又觉得自己这点儿苦不算什么了。她付出的辛苦，终于得到了回报。

　　当李森涵拿到两个红彤彤的本科毕业证时，他内心的激动难以言表。李森涵忘不了妻子的功劳，他手捧毕业证书满含深情地对王莎莎说："亲爱的，这几年你辛苦了。"

　　王莎莎笑呵呵地说："你太贪心了，给我一个文凭吧。"

　　李森涵乐呵呵地把毕业证都放到王莎莎手中，"两个都给你。"

　　王莎莎半开玩笑地说："真给我，国家能承认吗？"

　　两个人说笑了一阵儿，都觉得好日子正在向他们一步步靠近。

第六章　下岗后的生活

邵大光在工作上有了大的进展。由于有中专文凭，加上还有十多年的工作经验，工作又能吃苦，前任的车间主任退休了，这个职务很自然地落在他的头上。邵大光工作起来雷厉风行，又很善解人意，他所带领的车间团队，总能超额完成生产任务。车间里每个工人的奖金月月都很丰厚。

邵大光有时候觉得自己很幸运，虽然出生在知识分子家庭，但却荣幸地成为工人阶级的一员，真是自己的造化。年富力强的他，刚刚步入中年行列，就成为了工厂的中层领导。邵大光没有一点儿领导的架子，总是和工人们打成一片，干活儿的时候也跟工人一样，甚至比他们还卖力。遇到难度大的技术活儿，只要他亲自上阵，都会得到圆满的解决。谁家有点儿难心事，只要他知道，便会出手帮助。他总是说："干起活儿来，我们要全力以赴，这样生产效益才能提高。"

林雪虽然上班要坐公交车，也很辛苦，但丈夫事业上的发展令她心中暗暗高兴。林雪非常支持邵大光的工作，买菜、做饭的活儿基本让她包下了，尽量让丈夫下班回家能轻松些。

十多年一晃就过去了，楚楚个子高高的，这点像她爸爸，五官像林雪多一些，眼睛大大的，黑白分明的眸子里带有一种东方女孩儿文静的神韵。看到出落得漂漂亮亮、学习又非常用心上进的女儿，邵大光两口子乐在心里，喜上眉梢。他们把全部的希望都寄托在孩子身上，让女儿实现他们未圆的大学梦。

林雪的纺织厂效益越来越不景气，工人们的工资越来越少，到后来几乎就开不出支来。她和赵艳等厂子里的许多纺织工人一样，只能接受下岗这个残酷的事实。下岗就等于没活儿干，没钱挣，工人们愁坏了。

赵艳私底下跟林雪说："我们家老吕是建筑公司的瓦工，现在他们的公司也不景气，说不定也要下岗啦。"

林雪睁圆眼睛，担心地问："那怎么办呢？一家有一个下岗的还能勉强生活，如果都下岗了，靠什么活呀？"

赵艳低头不语，沉思一会儿说："老吕有一个哥们儿，去年到深圳搞建筑，听说挺挣钱的，一直叫老吕去呢。"

林雪问："那他去吗？"

赵艳回答道："他那个哥们儿刚到深圳不长时间，就叫老吕也过去，我当时放心不下，寻思又不是没工作，冒那个险干啥。现在这情况，我俩既然都下岗了，就只好找他的铁哥们儿去闯一闯了，兴许是一条出路呢！"

赵艳的这番话倒是提醒了林雪，一个想法从她的脑海里冒了出来。她准备找一找王莎莎，求得她的帮助。林雪前几年听王莎莎说，双职工的孩子因为父母下班晚，晚上不能按时吃饭，孩子们饿得只能吃饼干，长期下去会影响身体的。有些条件好的家长，就找一个钟点工，请到家里来做饭。抓住这个机会，下岗之后不就有活儿干了吗?

这想法鼓舞着林雪立即行动起来。林雪去了王莎莎学校，见王莎莎正给学生们上课，她只好在走廊等候。"铃铃铃"，下课的铃声响起，肃静的空间立刻活跃起来，学生们相拥走向操场，一片喧哗，热闹非凡。王莎莎手拿着书本和教案，向教研室走去。

"王老师。"王莎莎听到一个熟悉的声音在后面招呼她。王莎莎转过头，原来是老同学林雪。王莎莎热情地和林雪握握手说："真是稀客呀，你一定有什么事情吧?"王莎莎敏感地看着林雪。

林雪动动嘴唇小声说："找个地方我跟你说。"

王莎莎笑笑说："我今天的课上完了，我们去教研室吧。"

林雪咬咬嘴唇，思忖一会儿说："办公室里还有其他老师，说起话来不方便，一会儿上课时，咱俩去操场谈吧。"

王莎莎点点头，告诉林雪："你先去操场等我，我把教案送回办公室，再到操场找你。"

操场上已经没有学生了，安静得没一丝声音。王莎莎和林雪悄声地谈着。最后，王莎莎承诺两天后一定给林雪答复。

没想到，第二天王莎莎就找到了林雪，她给林雪带来了好消息，不仅帮林雪找到了做钟点工的活儿，而且一下子找到了两份。这可让下岗在家待业的林雪喜出望外，拉着王莎莎的手开心地笑了，那发自心底的笑，让王莎莎忽然有点儿恍惚，仿佛又看到了当年林雪抽调回城时的兴奋一幕。想到在乡下那些日子互相扶持的情谊，王莎莎心里暖暖的，觉得今后林雪有困难她还要帮。

林雪每天九点三十分从家里出发，骑着自行车，带上围裙，首先到一对八十岁左右的老夫妇家里。她要先打扫一下屋子，然后去厨房做饭。做完午饭后，她便骑车去附近的市医院，到那里她可以坐在诊室外的椅子上，吃带来的馒头夹咸菜。中午休息时间，患者很少，她可以躺在椅子上小休一会儿。看看手腕上的表，林雪觉得快到上班时间了，便从椅子上坐起，面对眼前来往看病的患者，一种阿Q精神时常浮现在脑中，她想，虽然自己下岗了，但每天的两份工作所得的钱，家里日常开销和将来给楚楚上大学的生活费是够了。工作辛苦点儿，但咱没有病呀！没病就不给家糟蹋钱。健健康康地才能挣钱供孩子念书。

林雪觉得很舒心满足。一会儿，她离开椅子，向大门外走去。她又要开始做下一份钟点工了。另一份是接一对上小学的龙凤胎小朋友放学，到家后再给他们做晚饭。

林雪每天就这么辛苦地奔波，为了家里的"甜蜜负担"，她并不觉得什么。

1996年高考结束不久，北京一所重点大学的录取通知书让邵大光夫妇高兴得几夜未眠。女儿的大学梦想成真，令这对中年夫妇百感交集。邵大光不禁想起了自己当年，念书时就攒足了劲想要考上大学，眼瞅着能参加高考了，却到了农村。为了与林雪团聚，又上了技校，离大学越来越远。看到身边的朋友一个个考上了大学，通过大学的学习彻底改变了命运，心里还时时隐隐作痛。楚楚这下可真是圆了爸妈的大学梦啦，而且这个梦还格外甜美，一下子到了首都。邵大光觉得自己当年的牺牲是值得的，忽而，他觉得全身正在被一股力量推动着。

林雪这个当妈的就心细多了，她可没有邵大光那么多闲工夫感慨这个，感慨那个，她得为楚楚准备上学用品。楚楚这是头一次离家这么远，得尽量为孩子创造类似于家的环境；楚楚睡惯了家里的鹅毛褥子，那就再做一床带走；爱吃自己做的桔梗咸菜，那就多做些带上；每个月的那几天会肚子疼，那就多带几包红糖……

自从女儿拿到录取通知书，林雪就一直没闲着，今天整理几样，明天再整理几样，慢慢地就收拾出几大包行李。东西越堆越多，离女儿走的日子也就越来越近，林雪这心里也就越来越不舒服。

有一天，林雪对着行李，眼眶发红了，楚楚看见后，上来就搂住了妈妈的脖子，撒着娇说道："妈，我真不想走，走了肯定得想您和我爸。"

楚楚这么一说，林雪也就忘了伤心，赶紧说："说啥呢，傻孩子，好好念书得了。"

看到妈妈平复了伤心的情绪，楚楚调皮地吐了吐舌头，继续说："妈，等我工作赚了钱，就把您和我爸接到北京去，然后带你俩到处旅游，好不好？"

林雪刮了下黏在自己身旁的女儿的鼻子说："我和你爸可啥也不图，你健健康康的，快快乐乐的，比啥都强。"

楚楚考上重点大学这事，不光他们一家人高兴，亲朋好友左邻右舍都跟着高兴。邵大光和林雪夫妇最愿意听到别人打听："你家楚楚今年高考吧，考得咋样啊？"

离开学的日子越来越近了，邵大光给楚楚和林雪买了八月二十一日去北京的车票，虽然自己特别想去楚楚的学校转一转，但是厂子在生死存亡的关头，真是走不开。八月二十一日这天，邵大洪两口子要来送楚楚，邵大光和林雪早早起来，把屋子收拾得干干净净，等待着哥嫂的到来。大洪已经是汽车行业的一名骨干，吴巧成了肿瘤科专家。别人下岗待业，而他们夫妇却比翼双飞，真是应了那句话，"知识改变命运"。

大洪夫妇给楚楚包了个大红包，说是连爷爷奶奶那份他们也出了。

楚楚看到大伯和大娘事业有成，爸妈却为每天的柴米油盐精打细算，这悬殊的差距，没有让楚楚感到自卑，反而更坚定了她心中的信念："去北京上大学，我一定要刻苦学习，用知识改变一家人的命运。"

林雪从北京回来后，仍然继续做两份钟点工。去北京这些日子她请了假，林雪干活儿那是没的说，所以两家主人不假思索地给她放了假，再听说是送女儿上大学，他们竟不约而同地给了红包，林雪怎么推都没推掉。

这天，林雪骑车走了约四十分钟，来到了实验小学门前。她看看手表，离放学的时间还有二十分钟。林雪找了一个僻静的马路牙子坐下休息。"铃铃铃……"放学的铃声响起，表上的指针是午后三点三十分。林雪站起身，拍拍屁股上的尘土，走到学校的大门外。

"贝贝、佳佳。"林雪看到这对龙凤胎走出楼外，脸上立马洋溢着亲切的微笑，举手摆动打招呼。

两个小家伙高兴地向林雪跑来。稚嫩的脸蛋露出甜甜的笑容，争先恐后地喊着："林阿姨，林阿姨。"

林雪弯下身来，抚摸这对孩子浓密的头发，问："饿不？"

"有点儿。"两个小家伙异口同声地答。

"走，回家，阿姨给你们做好吃的。"林雪推着车子，两个小家伙紧跟在她的身后，仨人说笑着来到了一个高档小区。

贝贝和佳佳回到家里，放下书包，林雪告诉他们先去洗手间洗手，她去厨房把冰箱打开，从里面拿出一个大红富士苹果和一个白里透黄的鸭梨，洗好打皮，切成小块放在果盘里。林雪还在果盘里放上两个不锈钢叉子，又拿保温壶给两个孩子分别倒了一杯白开水，再兑上点儿蜂蜜，孩子喜欢甜甜的，营养又丰富。贝贝和佳佳洗好手，回到桌前，拿叉子吃着新鲜的水果。

林雪把杯子放到他们面前，笑呵呵地说："吃完了，就写作业，等我检查合格后，再给你们讲个新故事。"

贝贝说："太好了。"

佳佳说："讲两个。"

林雪说："如果好好写作业，字再写得工整，就讲两个。"她举手伸出两个手指。

孩子们高兴地拍手："噢，太好了！"

一切都静下来。林雪走进厨房，扎上围裙，淘好大米，把米放到电饭锅里，打开电源煮饭。随后，她从冰箱里拿出一块里脊猪肉，把青椒洗好掰成块，放在一个铁盆里。里脊肉在微波炉解冻后，林雪便开始把肉切块，把玉米淀粉调成糊状。锅热后，放上半锅大豆色拉油。林雪看到油七成热后，便把裹好糊的肉块沿着锅沿边慢慢滑下去……

闻到厨房散发出来的香味，贝贝小声对妹妹佳佳说："林阿姨又给咱们做好吃的糖醋肉段啦。"

佳佳吧嗒吧嗒小嘴说："太好了！"

饭菜做好了，两个孩子的作业也写完了。孩子们跑到厨房，坐到饭桌旁，迫不及待地吃上了饭。

饭刚吃完，他们就急切地催促林雪快点儿给讲故事。林雪笑眯眯地瞅着这对龙凤胎，坐到桌前说："来，我先检查一下你们俩的作业。"

这两个娇娃娃被林雪调教得服服帖帖。

北方的冬天，寒风刺骨，白雪皑皑，一眼望去，白色的大地连着远处的天际，蓝天和大地一片肃杀的白，展现在人们的面前。下班的人们匆匆走在大街小巷里。五点刚过，天空就像乌鸦一般黑，幸好路灯的亮光柔和地闪着，脚下打滑的路面，让行人们低头弯腰小心翼翼地向前迈步。林雪骑着自行车，放慢速度。不好，前面是一片冰地！林雪试着放下一只脚落地，可是，由于她的个子不高，自行车随着她的力量倾斜，林雪没有支撑住，重重地摔在了冰面上，自行车也狠狠地砸到了她的身上。林雪嘴里的哈气不停地向上飘浮着，被压在车底下的她，用力推自行车，然而，车却不动。林雪躺在冰面上手向前推，脚顺着手用力的方向猛蹬，终于将自行车挪开。林雪慢慢从地上爬起，用手抓车子，想要把它立起，刚摸住车把，脚下一滑，她又重重地摔在车子上。听到"咣"的一声，林雪顾不了身上的疼痛，心想："千万别把车压坏了，买个新的还得二百多元呢。"

一种无声的力量在推动着她，这回，林雪待自己站稳后，把车子顺着冰面往下推，推到了雪地上。她站在雪地上，用尽力气把车子立好，这才拍拍身上的冰土，推着车子缓步向前走。

天色黑得让人感到郁闷，街上的行人越来越少。林雪急切往家赶的心情越来越强烈，她觉得腿和胳膊都很疼，只能艰难地行进在这条熟悉的巷道里。冷冽的西北风无情地打在林雪的脸上，刀刮般的痛。这时，林雪感到那么的无力又无助。她看到家的房子了，灯光映亮窗下压着白雪的松树，远远望去，真像一朵白绒绒的雪花瓣。林雪推着车子，眼里闪着晶光。她知道邵大光此时已经把饭做好，正等她回家呢。这灯光，瞬间就治愈了她的伤痛。

　　下班了，王莎莎回到家里，把饭菜做好，等待李森涵回来。王莎莎坐在客厅的沙发上，手里拿着儿子大鹏寄来的信。她想到儿子再有一年就从复旦大学毕业了，应该考虑儿子的去向了。今天大鹏的这封信，令她心神不安。

　　"吱"的一声，门开了。王莎莎站起身来，接过李森涵脱下来的外衣，待他换上拖鞋后问："今天有会吗？"

　　李森涵走到沙发前坐下。王莎莎看着李森涵脸上的倦容，察觉到他今天的工作一定又是非常忙。王莎莎倒了一杯水递到丈夫的手上，李森涵喝了几口，放下水杯说："期末考试就要到了。学生上晚自习的很多，自习时间，不但老师要值班，我们领导也要轮流值班。今天是我值班，所以就回来晚了。"

　　李森涵抬起头，带着询问的目光接着说："什么饭，吃饭吧，我饿了。"

　　王莎莎没有告诉丈夫大鹏来信的事，怕李森涵见信后又会发脾气，让他吃不好饭。只是边向厨房挪步边说："清蒸鱼和木须柿子。"

　　因为各自有心事，这顿饭也吃得静悄悄的。两个人吃完饭后，王莎莎拿出大鹏的信："这是儿子今天来的信，你看看吧。"

　　李森涵接过信，坐在王莎莎身旁认真地看起来。看完后，他把信扔到桌子上，怒气冲冲地说："这孩子从小就在老人身旁长大，和我们根本就不亲，现在老人都去世了，他还是不和我们亲。一到假期就想出远门，美其名曰考察，还不如说是去旅游。"

　　王莎莎也愤愤地说："就算我们白养活这个儿子。"

　　李森涵很有感触地说："他应该感谢我们才对。如果当年把他做下去了，我们也省着惹这个气啦。"

王莎莎反驳丈夫："你今天说这些事情，还有意义吗？如果叫大鹏知道了，你这个老子怎么当？"

李森涵沉默了，他两只手放在腿上，揉搓几下说："哎，我能管得了全校师生，就是管不了自己的儿子。"

王莎莎知道，李森涵自打去年提升为校长以来，工作压力很大。为了不给丈夫填堵，便缓和语气安慰丈夫说："孩子大了，都是这样，家家如此。"

静默了一会儿，李森涵重新拿起信，又看了一遍，放下信，缓和了烦躁的语气说："明天就把钱寄过去吧，不要太多，够花就行。"

王莎莎觉得李森涵说的有道理，便点点头。

林雪为了挣钱养家糊口，又接了一份医院的护工工作，主要是在午间十二点半到午后两点半，替换住院病人的家属。虽然并不是重体力劳动，但中午没了躺一会儿的休息时间。她护理的是骨科的患者，看到有些患者因为走路摔跟头造成骨折，林雪暗暗庆幸那天晚上骑自行车摔倒没什么大事。多么危险哪！那么滑的冰面，自己竟敢骑过去。想到自己已经是五十多岁的人了，每天去干活儿一定要坐公交车或步行，否则真的出了什么意外，得花多少钱治病啊。楚楚还有两年就毕业了，林雪在提醒自己一定要坚持。

蓦然，她想起了一句话："平平安安就是福。"

林雪掐指一算，三份钟点工作，虽然辛苦，但挣的钱比在纺织厂上班时的工资还要多。她觉得只要坚持，就能给全家人带来幸福。

她不像有的妻子，老埋怨丈夫挣不来钱。她深知，当初邵大光要不是为了和自己结婚，也不会去念技校，如果不是为了这个家着想，他也不会放弃参加高考的机会，他要是参加了高考，今天怎么都会比李森涵两口子强。在这个工厂，刚开始的时候也不错，邵大光拼命干活儿，钱也没少挣，现在效益不行了，他比谁都着急、难过。林雪总觉得，邵大光为这个家付出的更多，所以她更拼命地干活儿，让邵大光尽量不为家里的经济情况发愁。自己丈夫是没遇上好的机会，一旦有机会，丈夫比谁都强！林雪年轻时对邵大光的迷恋，没有随着时间的流逝被稀释，反而如酒，愈久愈醇香。

邵大光曾暗暗庆幸自己工作的国有工厂经济效益始终不错，指挥整个车间的工作总是洋溢着一种热情。邵大光经验丰富，技术过硬，深得工人们的钦佩。正当邵大光绞尽脑汁，想在大件车间进行技术革新，要把轮式拖拉机向链式拖拉机的设计靠近时，工厂的效益逐渐下滑，越来越不景气。到后来，工人们的奖金都没了，工资也开始拖欠。这样的日子挺了几年，邵大光终于和车间工人们一样，下岗了。

真正成为下岗工人那天，邵大光回到家后，情绪很低落，总觉得心里像是压块大石头，堵得慌。他觉得自己很窝囊，本来是在国企工作，还算是个有文凭的工农兵学员，怎么就回家待业了呢？在车间干了这么多年，突然干不下去了，自己还能干点儿啥？邵大光越寻思越留恋车间的工作，想着想着，竟躺在床上睡着了。

长此以往，邵大光仿佛变成了另外一个人。他想再找工作，可眼下很多人都下岗待业，哪有单位肯要他这个五十多岁的老头子呢？颓废的心绪令他饭量减少，晚上常常失眠，两个月下来，人竟然瘦了很多。

林雪看到丈夫如此受煎熬，很是心疼，也很理解。林雪常常劝邵大光："我现在挣的钱，相当于工作时的两倍还多。楚楚明年就毕业了，她今年开始实习，做了两份家教，说不用家里给她寄钱了。从上月开始，我每月只给她寄一百元钱。我现在打工这些钱，足够咱们生活费了。"

邵大光哪里能听进去林雪的这番话，相反，只能加重他的自卑心理，随口说道："怎么可能让你个娘儿们来养我。"

林雪看邵大光显然是听不进她的话，便改变了谈话策略说："即便找工作，也得调整好心态，把身体养好才是。看你现在走道都要打晃了，怎么出去找工作！"

这番话，邵大光觉得还是有道理的。

第七章　办公室里的偷欢

　　大批大批的工人下岗待业的时候，作为市里重点高中的一校之长，李森涵着实是忙。他既要抓教学质量，又要顾及学校的后勤。方方面面的工作，他都要抓好，协调好。前些日子，负责教学工作的副校长得了急性阑尾炎，在副校长住院期间，教学的重担就自然而然地落在李森涵的肩上。学校各学科正忙于开展公开课活动，参加每学科公开课的教师，都由李森涵指导把关，参与老师们的试讲。为了分担李森涵的压力，学校教导主任田静茹主动要求承担一部分工作。李森涵觉得教学校长不在，他们共同负责教学活动也在情理之中。田静茹是一名三十八九岁的中年女教师，师大中文系毕业后，被分配到市第十二高中教语文课。田静茹工作认真，指导教学也头头是道。她前年由一名语文教研室组长提升为教导处主任。田静茹长得恰如广东姑娘娇小玲珑，象牙白的皮肤，配上一双杏核眼，给人以文雅温柔之感。说起话来，嫣然一笑，露出一口整齐的牙齿。虽然已近不惑之年，但从她的瓜子脸上却看不出一丝皱纹。

这一天午后，政治公开课上完，田静茹随李森涵一起走进了校长室。他们面对面地坐着，翻看有关学科授课的内容和记录。

李森涵看完教案记录，抬起头注视田静茹。平时与田静茹接触，只觉得她优雅的风度与其他人不同，可今天近距离地和她对视，才发现这个女人真的是很漂亮。看了一会儿，李森涵缓过神来，感觉有些尴尬，干咳了两声，田静茹也抬起头来，发现校长正看着自己，她大方地嫣然一笑。

李森涵笑着问："今天的两堂公开课，你认为哪个老师讲得相对好些？"

田静茹用眼睛瞄了一下桌子上的教案，很诚恳地答："两位老师讲得都很好，一个文科一个理科，所以他们讲课的风格各有不同。高一政治教研室的金老师能把生产力这个概念，从古至今相对比较地讲出来，而且又能通过我国的国情，联系到现在的改革开放，使学生们能够从抽象到实际，把这个概念理解清楚。还有在讲课的过程中，金老师的教态和板书都恰到好处。金老师的启发式教学使学生更好地强化对本节课内容的记忆。"

田静茹接着说："物理课杨老师讲得也很活。记得我在高中上物理课时，我们物理老师讲'重力加速度'一课时，只是强调重力加速度的公式，并没有结合实际，很长一段时间我都没有真正理解。而今天杨老师在讲这一课时，不但理论上讲得很清晰，而且能够把公式结合到实际中去。杨老师进行了多次抛物演示实验，物体从不同的高度做自由落体运动。让学生们身临其境地体会到，同一件物体，在不同的高度落下后，重力也是不同的，达到了预期目的，使学生当堂能够理解重力加速度9.8米/秒^{2}的含义。"

李森涵认真地记，并时不时地在教案的提纲上写写画画。

田静茹说完自己的见解，面带微笑地问："校长，您觉得呢？"

李森涵的眼神从教案移向田静茹，四目相对后，很快又瞄向教案。李森涵看着桌上的教案，用笔指着某个位置说："这一点，你说得很好，教师讲课能够理论联系实际，是我们现在教学所要提倡的。特别是文科。"

听到校长和自己的意见一致，田静茹一颗悬着的心落回了胸腔。

"铃铃铃……"下班的铃声响起，田静茹觉得自己该撤了。她征得校长的同意，拿着教案走出了校长室。

校长室里，李森涵仍坐在真皮转椅上没动，他在想："这么一个漂亮出色的女人，怎么会离婚呢？"突然，他的脑子里莫名其妙地闪出一个人影：王莎莎。他想："如果莎莎是这样，我一定要加倍地呵护她。"

李森涵抬起左手看看手表，把教案合上，放在写字台的左上角，拿起黑色男式手提包，走出了办公室。

一周的公开课观摩活动，使李森涵和田静茹频繁接触。每天的午后，俩人还有段单独相处的时间，工作让他们彼此更加了解，彼此欣赏，彼此吸引。一开始是点评公开课后，两人各走各的。渐渐地两个人心照不宣地并肩走出学校大门，骑着自行车并排行进。他们并排行进在车水马龙的大街上，虽然话语很少，但心情很愉悦。一次，骑到无人处，李森涵竟小声哼起了歌曲。李森涵和自己喜欢的异性在一起，使他觉得有了年轻人那种初恋甜蜜的感觉。

田静茹听到校长的歌声，向他靠近骑着，喜笑颜开地说："李校长，原来你不仅仅学识渊博，唱起歌来也那么专业。"

李森涵眼睛直视前方说："很多年不唱了，今天不知怎么了，竟脱口而出。"

他用眼睛向田静茹的方向斜视，看见身旁的女人脸上挂着甜美幸福的微笑，眼里汹涌着炙热的情感暗流，让他感到自己仿佛飞向了遥远的青年时代，一股热流铺天盖地向全身涌来。

李森涵放慢车速，给田静茹一个温存的笑容，用充满磁性的男中音说："下来走走，前面是上坡，放松一下。"

田静茹从她的红色女式坤车下来，和李森涵并肩走着，说着，笑着。两人越走越近，最后成亲密无间的姿态。在有意无意之间，车把上的手会偶尔相碰，手臂紧贴。两个中年男女好像找到了迟来的爱情，像蜜一样甜的情流涌动着。他们是多么希望这样一直走下去啊。他俩走到十字路口，田静茹停下来，李森涵也跟着停下来。这是他们要分开的地方。

这时的李森涵无须再遮掩什么，他用右手把着车把，左手做了个无奈的手势说："明天见吧。"田静茹的杏核眼泛起笑意，娇柔地望着李森涵。妩媚的眼光迷得李森涵心里滚动着情感的浪花。

看着田静茹骑车的美姿，李森涵舔舔有些干涩的嘴唇，眼眸中燃烧着一种火焰般的激情，不知不觉产生了一丝爱恋。

王莎莎把饭菜做好，端到餐桌上，等待丈夫回来。她抬头看看墙上的石英钟，指针指向了六点十分。王莎莎有些纳闷儿，自言自语问："难道今天还有会吗？"

门"吱"的一声开了，看到丈夫进屋，王莎莎说了声："回来了。"

李森涵低头换鞋，没言语。王莎莎并不介意，她还惦记着厨房的大勺里放着李森涵爱吃的红烧鳜鱼，她要把它盛到盘里给李森涵端上来吃。李森涵吃着自己喜欢的红烧鳜鱼，脸上露出了笑意。

王莎莎知道丈夫对自己做的菜很满意，明知故问："好吃吧？"

李森涵点点头。

王莎莎给他夹了块不带刺的鱼肉，放在碗里说："这块没刺，吃鱼的时候别嚼饭，嚼饭的时候，不吃鱼。"

李森涵有些不耐烦了，有点儿生气地说："吃饭就好好吃饭，我这么大的人了，又不是第一次吃鱼。"

王莎莎看看突然发怒的丈夫，觉得心里有点儿堵，但吃饭时她不想影响两个人的情绪，便低下头不再说话了。

邵大光颓废的情绪，并没有影响到林雪。她这些日子一直在想，怎样才能让丈夫振作起来呢？林雪在动心思。在一个风和日丽的傍晚，夕阳的金光抹在城里的大街小巷和房子的墙壁上。林雪看到接近地平线的圆圆的金色太阳，不禁感慨道："哎，岁月真是不饶人哪！一晃自己都五十二岁了，马上就要步入老年人的行列。太阳在落下之前，能发出这么强的光芒，我们人类也不能示弱。"

林雪想着想着，公交车已开到离她家约有两站地的一个大型广场。广场上空飞舞着各式各样的风筝，林雪心生一计："何不让邵大光来广场放风筝呢？通过放风筝，也许会调整他的心态。"她决定回家跟邵大光商量试一试。

吃完晚饭，林雪一改往日饭后先去卧室躺一会儿的习惯，来到客厅和邵大光一起看电视。邵大光手拿遥控器，在不停地调台，边调边说：

"没劲，净广告。"

林雪看看他，小声地说："没有好节目就不要调了，等《新闻联播》来了，再打开吧。"

邵大光关闭了电视机，看着林雪关心地问："你不累吗？回屋躺会儿吧。"

林雪习惯地往上撩了撩头发说："今天，我坐车经过广场，看到好多人在那儿放风筝。风筝在天上飘呀飘的，真好看。我看放风筝很锻炼身体，为了把风筝放飞，需要来回地跑动，很锻炼肺活量呢！"

邵大光有些奇怪，心想："那么累的活儿，还没累倒你，还有闲心思观察风筝呢！"

看看丈夫没说话，林雪知道丈夫对放风筝并没动心思，便使出了计策说："我听说，放风筝能把晦气放走，要不咋那么多人放风筝呢？"林雪接着又说："路边卖风筝的人也不少呢！"

邵大光半信半疑地说："都是一些迷信的说法，谁信哪！不过无风不起浪，也许有讲。"

林雪进一步试探说："明天是周日，正好我休息，咱们俩也去玩玩。"

"你怎么像小孩子似的，谁说啥都信。"邵大光扑哧一声笑了。

林雪从桌上的凉壶里倒了两杯水，递给邵大光一杯，自己拿另一个杯子慢慢地喝着。一会儿，她把杯子放在桌子上，冲丈夫笑笑说："总干活儿，怪累的，要不你明天陪我去玩玩。咱们也该透透气啦！"

妻子的邀请，邵大光不能拒绝。想到她为了这个家整日操劳，今天有这个小小的要求，若是拒绝她，那可真是太扫兴了。他嘿嘿笑了两声，眉宇间的八字皱纹动了几下说："你就是有好奇心，刚才我听省台报的天气预报，明天还是个大晴天。明儿一早吃完早饭，咱们就去。"

工作的频繁接触，使李森涵和田静茹的情感在不断地升温。李森涵每天若不见上田静茹一面，就觉得心里空荡荡的，有种说不出的感觉。田静茹的笑容，常常浮现在他的脑海里。

这个女人味十足的中年人，竟把李森涵迷得神魂颠倒。公开课已经接近尾声，李森涵为了能得到和田静茹多接触的机会，这一天一上班，就径直来到教导处，告诉田静茹到他办公室研究公开课事宜。

田静茹想到一会儿又要见到李校长，真是心花怒放，欢喜的心情令她忘乎所以。此时，她如同一个初恋的姑娘兴奋不已。她来到墙壁上挂着的方镜子前，用手理了理头发，把嘴唇舔湿。然后拿起桌上的笔记本，急匆匆地走到门前。由于过于匆忙，田静茹险些被门槛绊倒。"吭"的一声，门关上了，夹住了她的右手中指，痛得她用左手使劲把门推开，右手中指上端出现了一道深深的紫血痕。她把手指放在嘴边吹了吹，仍然很痛，眼泪几乎要流下来了。可是，她一想到就要见到自己暗恋的李校长，欢悦的心情冲淡了指尖的疼痛。田静茹一抹脸上痛苦的表情，带着盈盈的笑容走进了校长室。

办公室里，李森涵和田静茹像往常一样，面对面地坐着。李森涵打开教案，望着田静茹那秀美的面颊，心中有种甜丝丝的感觉，他温和地说："主科的公开课已经结束了，我认为历史和生物也应该安排公开课，考查一所学校的教学质量，副科的成绩也是占有比重的。"

田静茹何尝不喜欢和这位学识渊博的校长多接触呢！多开展公开课活动，就能多和校长一起研讨，这么一想，她心里乐开了花，笑着点点头。李森涵看出面前这个女人的笑是从里到外的真情流露。他知道，田静茹是喜欢他的。田静茹把手中的教案放在桌子上，两手合掌和李校长说话。

忽然，李森涵像发现了什么，惊奇地指着田静茹的右手中指问："你的手指怎么了？"

田静茹告诉他："刚才着急来这儿，一不留神，手被门夹了一下。"说话间，田静茹把被门夹得红紫的手指捂住。

李森涵站起身两手把住田静茹的手，想要看看她受伤的程度。田静茹抬起头来，恰好与李森涵的目光相碰。她的心突然猛烈地跳着，看到李校长的眼眸中燃烧着火焰般的激情，田静茹脸上泛起红云，羞涩地低下头。李森涵急速奔涌的情流已经失去控制，他索性走到田静茹的面前，把她搂在怀里，轻抚她那柔软的身子，嘴里喃喃着："我的女神，可想死我了。"

李森涵抚摸田静茹那迷人的脸蛋，顺着脸蛋，他的手情不自禁地向下移动。看着田静茹羞红的脸庞灿若桃花，李森涵再也控制不住他奔腾的情感，神魂颠倒的他把田静茹搂得紧紧的，索性把手伸向她那富有弹性的胸部。李森涵心在微颤，暗暗思忖："这个女人太有魅力了，真是上帝给我派来的天使呀！"

田静茹忘情地亲吻着李森涵贴靠自己的嘴唇，两个人完全沉浸在迷离的神往之中。田静茹顺势倒在李森涵的怀里，干柴烈火的情流在升腾，他们忘记了一切……

门"吮"的一声响了，是校团委书记开门进来。看到面前的一幕，团委书记什么也没说，赶紧转身退了出去。

团委书记姓韩，是一个二十六岁的小伙子。他刚才是接到市教育局团委的电话，通知他去教育局开两天会。这不，接到通知后，他马上来到校长室，打算告诉李校长一声。哪想到，还没跨进校长室，只是把门推开，一对男女情意绵绵的场面，竟那么赤裸裸地暴露在他的面前。想到平时衣冠楚楚、气度不凡的校领导，背后做出这么有损师道尊严的肮脏丑事，小韩气愤中夹杂着藐视。小韩回忆起去年评选先进时，李校长以他年轻做事不够成熟为由，硬是把他的名额拿了下来。为这事，小韩一直耿耿于怀。刚才发生的事，令他恨得牙根痒痒，冲动的情绪驱使他拿起话筒，拨通了教育局局长的电话号码……

第八章　风筝放飞希望

　　邵大光在林雪的开导下，只要天气好，他就要去广场放风筝。开始他买了一个燕子的风筝去广场慢慢练习，渐渐地能把风筝放得很高很稳。有时，把风筝放到高空中，竟然一动不动。在广场上，他还认识了很多放风筝的朋友。他们经常三五成群在一起切磋放风筝的技艺。再往后，邵大光看到有人不但风筝放得好，放得稳，而且还自己动手制作风筝，什么"吉庆鲤鱼""长龙飞舞""三角航"等等。看到这些人放着自己的作品招惹来往游人眼珠子，脸上洋溢着自豪的神色，邵大光受到了感染，他觉得放买来的风筝，即使放得再高、再稳，也没有什么玩头，他从各种渠道了解到制作风筝的方法，从选材、工艺流程到注意事项，感到自己动手制作风筝也并非难事，这比制造四轮拖拉机容易多了。他胸有成竹，迸发出自己制作风筝的渴望。

　　林雪拖着沉重的步伐倒了两趟公交车，回到家里。看到桌上香喷喷的饭菜，丈夫身扎围裙，在厨房刷碗刷筷子忙碌的情景，她心中漾起愉悦的浪花。是啊，虽然自己出外做钟点工辛苦些，但回到家里却是暖意浓浓的。她觉得自己当初执着地坚持这段婚姻是再明智不过的选择了。

在外面奔波一天，躺在床上望着无瑕疵的白天棚，林雪心想："家真好。"疲惫的身躯渐渐得到缓解，她闭目养神尽享家里的安逸。

"吃饭了，吃饭了。"外面传来邵大光的喊声。

林雪理理蓬乱的头发，走出卧室。

"呀，今天是木须柿子，太好了。"林雪看到桌上的晚餐，高兴地冲厨房喊着。

邵大光解开围裙，走向餐桌。林雪欢愉的情绪，带动邵大光也有了好心情，他往林雪碗里夹了两大块鸡蛋说："吃点儿蛋白质，增强抵抗力。"

林雪半嘲讽地看着丈夫说："哟，你还成了养生专家啦。"

邵大光把夹菜的筷子举在半空，筷子夹的西红柿片随着他说话的频率抖着，正像一个红色的风筝在飘动。

邵大光似乎很认真，目光盯着林雪黄里带白的憔悴面容，心生怜意地说："你天天那么累，我一定要做好后勤部长。"

林雪笑了。妻子的笑容是对后勤部长的肯定，邵大光的话开始滔滔不绝了："你以为我每天都在放风筝啊？其实，我有很大部分时间都在听健康讲座。咱们有了好身体，才能出去挣钱。不然，病病歪歪的，反倒搭钱呢。"

林雪附和道："是啊，留得青山在，不怕没柴烧。"

林雪用手指头又轻轻点了一下邵大光带有几条深皱纹的额头说："老了，老了。你还知道学习了呢！"

邵大光把筷子上夹的菜放在嘴里。虽然柿子片堵住了他的嘴，但眼里却含着快慰的浪花。

咽下饭菜，邵大光告诉林雪，他打算自己做风筝放。林雪心想："孩子他爸，你终于从烦闷中解脱了。"

林雪告诉丈夫，做风筝用的面料和竹子由她来负责购买。邵大光想到自己要亲手做风筝了，高兴地挥动拳头说了句："Very good！（非常好！）"

林雪在思考怎样能顺利地把竹竿买到。因为面料她可以顺路去批发布料的市场买，竹竿则需要到离城郊两站地出售竹竿的门市去买。周日，林雪休息，她便一个人坐上公交车来到城郊卖竹竿的地方。下了公交车，她向路人打听出售竹竿的门市。真是应了别人说的，走了足足有两站地，才看到几个卖竹竿的门市。林雪到那儿一看，竹竿太长，四五米的竹竿无法拿。她又去了一家门市，看竹竿也是那么长，她便向老板询问有没有短的，长的她拿不了。老板问她买几根，林雪说三四根就够了。老板告诉她去里面竹竿堆里自己找。小道很窄，林雪用手小心地把着竹竿堆，脚慢慢地向前移，走到了里面凌乱放着各种长短不一的竹竿堆前，她眼睛放出光亮："哎呀，找到了，这次没有白来。"

林雪心里的一块石头终于落了地。空隙太小，她只能踮着脚，弯下腰去从竹竿堆里抽出短一点儿的竹竿。竹竿压在乱堆的底部，她力气太小拽不出那些短一点儿的竹竿。林雪紧靠另一个竹竿堆，慢慢蹲下，用手把着竹竿慢慢摇动。终于露出了缝隙。

老板在喊："找着没？"

林雪说："太难拽了，我在慢慢摇晃呢！"

老板打发完其他顾客，便来看看林雪这边到底怎样了。当老板看到林雪瘦弱的身子在吃力地抽摇竹竿，右手指已经出现浅浅的红色划痕时，这个南方中年老板似乎有些于心不忍，他站在边上问："你拽出几根了？"

林雪累得脸已经泛起红色，气喘吁吁地答："两根。"

老板说："你出来吧，我来弄。"

林雪从竹竿堆的夹缝中缓缓站起，拿起自己抽出的竹竿，走出竹竿堆。老板拿着个木棍，走到竹竿缝隙旁，用木棍支起上面的竹竿，底下的竹竿与上面的竹竿隔离了一些距离。他用手使劲摇晃，从底部又抽出两根较短的竹竿。老板把抽出的两根竹竿拿出来，递到林雪的手中。林雪如获至宝，眼里露着感激，连说："谢谢，谢谢。"

林雪付完款后，扛着四根约有二米长的竹竿，心情愉悦地行走在通往汽车站的土路上。林雪一路上想，竹竿是买到手了，可这么长的竹竿怎么能拿到车上呢？再说了，这也不是终点站，车停下来，时间很短，司机师傅能让上车吗？瞬间，她的好心情化为忧虑。来的时候，觉得这段路很长，可回去虽然扛着竹竿却觉得很快就到了汽车站。林雪把竹竿放在人行道上。第一辆公交车由于没人下车，也没有人上车，汽车没有停直接开走了。看到开过去的公交车，聪明的林雪想出带着竹竿上车的办法了。她想，只要有人下车，她就可以拿着竹竿快速地从中门上车，把竹竿顺着乘客坐着的位置放好，不占面积也不影响乘客下车。然后再去前门投币。到终点站下车，终点站离家附近的站点只差一站。思路理顺好了，她悬着的一颗心落了下来。为了避免司机看到她携带竹竿上车，她把竹竿放在马路牙子上。过了十几分钟，又一辆公交车进站了。有两个人上车，却没有人下车，林雪失去了上车的机会。她只好再等。过了一段时间，再次见到公交车进站了。幸运的是车中门开了，林雪知道有人下车，她迅速地把竹竿拿起跑到中门，顺着车体的方向，先把竹竿往前伸，滑到车的地面，又顺着乘客座位把竹竿放好。正好上车的乘客刚上完车。林雪紧忙来到前门，把钱投到钱箱里，并礼貌地说："谢谢师傅。"

公交车司机没有言语，关上车门继续向前开。到了林雪家的站点，林雪没有下车，等到终点站，乘客们都下车了。林雪把竹竿顺着车体向后伸，很快就下了车。林雪如释重负地长长地呼出了一口气。

林雪拿起两米长的竹竿扛在肩上，心情舒畅地走在繁华城市的人行道上。在城市里扛长竹竿的人只有掏下水道的维修工人，她把自己当成维修工人，竟哼起青年时代的歌曲：

"革命人永远是年轻，他好比大松树冬夏常青。他不怕风吹和雨打，他不怕天寒地冻……"

看到邵大光放飞风筝的那个广场，林雪想："他现在一定在那里放风筝呢。"

为了给他一个惊喜，林雪决定绕道去那里。远路无轻载，走了近三站地，林雪感到右肩膀酸疼得厉害，身上都要突突了。林雪把竹竿转换扛到左肩上，继续向前走。汗水顺着额头流下来，林雪贴身衣裤和皮肉相粘连，湿漉漉的。前胸上侧有点儿丝丝拉拉地疼，透支的体力和耗神的疲惫，令这个五十三岁的妇女，像孩子似的流下了委屈的泪水。

林雪觉得生活的压力很沉重。虽然楚楚被分配到北京的一所中学当教师，但她也是刚刚毕业，挣得的工资够自己花就算不错了。再说北京的消费又高，能让父母省心就很不容易了。林雪想起了赵艳，这个老同学去了深圳。虽然两个好朋友远隔千山万水，但一起走过艰难岁月的真挚情谊，却始终都没有变。她们经常通信，互相介绍彼此的状况。林雪知道赵艳两口子在深圳，这几年打拼得很好。不但有活儿干，而且还买了楼房。邵大光刚下岗那会儿，林雪写信告诉赵艳，邵大光也下岗了，让赵艳谈谈自己的看法。半个月后，赵艳回信了。大致意思是，深圳正在搞城市建设，需要技术工人。而且同样的工作，在深圳挣的钱要远远高于正阳市。如果林雪两口子愿意去深圳，赵艳能给他们介绍工作。如果不愿意去深圳，可以做些生意，比如做建材生意，现在正是时候。今后的城市发展需要建设，这自然就离不开建材。只有抓住机遇，才能发展自己。邵大光也看到赵艳的信了，但两个人都觉得这两个建议对他们来说，哪样都行不通，决定先维持现状。

邵大光专心做自己的风筝。还别说，果然是心灵手巧的工人出身，做出来的风筝还都有说道，有"小熊猫""三角航""黄玉米""花蝴蝶""大蜻蜓""凤凰展翅"等等。邵大光还给这些风筝照了相，放到相册里经常拿出来翻看欣赏，享受其中的乐趣。邵大光最喜欢的一款风筝就是"三角航"，尖尖的头，两侧像飞机翼，大气而庄重。邵大光放飞"三角航"时，用手抖动线绳，逐渐使风筝飞得越来越高，直冲云霄。任凭风吹，岿然不动。最后"三角航"在空中成了一点。邵大光仰望天空，有时调整线绳，有时一动不动，风筝仍然静悬在高空。邵大光的风筝招来很多人观看，连连称好。这时的他，心里美滋滋的。

教育局的局长室里，坐着书记和局长，还有一名负责人事的女干事。李森涵坐在靠门左侧的长沙发上。对于团委书记韩老师的举报，李森涵很不服气，他辩解说："我们两个是因为工作关系经常接触的。我们在一起只是谈工作，从来都没有做出过格出轨的事。"

局长严厉地说："非得上床才是出轨吗？没有证据我能找你来说这些？如果你不服气，我们可以打电话把韩老师找到这儿，你们俩当面对质一番。如果他是诬陷你，我们一定要严厉处分他。"

　　局长的话，令李森涵意识到问题的严重性。如果弄不好，那可就把问题捅大了，会对自己更加不利。李森涵沉默了。

　　接下来，局党委书记也表态了。他说的话虽然不是那么尖刻，但也是很有分量的："李森涵，你在办公室里搞婚外恋情，有损于教育界的形象。平时你是怎样引导老师们注意形象、加强职业道德修养，难道你都忘记了吗？你身为重点校的一校之长，犯了这么严重的生活作风问题，在群众中造成恶劣的影响，难道你不应该从自身找原因，不应该反思吗？！"

　　女干事低头忙于记录，态度很严肃。整个屋子仿佛连空气都凝固住了。李森涵觉得很冷，刚才进来时的盛气，随着二位领导的发言表态渐渐消失了。他低头不语，两手相握，觉得很尴尬。

　　最后，领导通知他，根据问题的严重性，上级组织做出以下处理：一，免去李森涵校长的职务；二，调离原单位，派到其他中学任数学教师。

　　领导们还嘱咐李森涵："到了新的岗位，一定要接受教训，不能忘记自己是一名教育工作者。教育界内的人都知道你业务很过硬，你撰写的几本高中数学题解书，深受师生们的欢迎。但德是最主要的，一定要把它放在首位。"

　　领导的批评与中肯的劝告，使李森涵觉得冰冷的身躯有了温度。他想，自己虽然犯了严重的错误，但领导对自己的长处还是给予了肯定。李森涵低下的头慢慢地抬起，眼里含着复杂的神色，干咳了两声做了表态："我服从组织的决定，到新的工作岗位，我会做好本职工作的，不能让领导们失望。"

王莎莎看到丈夫被调到别的学校任普通教师，很是恼火。从李森涵嘴里得知，丈夫是因工作关系和田静茹走得很近，才被调离的。王莎莎很不服气，直接去了局书记的办公室。恰好那位女干事也在，正打印材料。

王莎莎来到书记办公室，开门见山地说："书记，我是李森涵的爱人，是第三十六中学的语文教师。我今天来是问问，我爱人调离第十二高中的原因。"

当着王莎莎的面，书记也不便点破，只是向王莎莎说明，李森涵是因为生活作风不检点而被调离的。

王莎莎不服气地问："生活不检点，并不代表他们俩上了床，破坏了人家的家庭幸福啊！"

书记没想到这个女人知道丈夫生活不检点，不但没有暴跳如雷，反而处处维护，所以骤然变得神情肃然："如果真的是上了床，危及家庭幸福，那对李森涵的处理就不会是这样的。首先要开除党籍，然后剥夺做老师的资格。"

正在打印材料的女干事在旁插了话："王老师，你想想，如果人家真的上了床，感情拆不开了，对方是单身，你的处境将会怎样？他们是精神出轨，而且也不是没有行动，难道组织处理得还重吗？"

王莎莎还真没想这么多，女干事的话倒提醒了她，她沉默下来。

临走时，女干事把王莎莎送到门外，好心地嘱咐她："回去不要和爱人打闹，要好好地关心他。对方是单身，弄不好俩人旧情复燃，不好收场。"

王莎莎眼里泪珠滚动，向女干事告别离开教育局。

田静茹这几天心里像怀揣着兔子似的，怦怦直跳。她在想，李校长为了自己受到降职处分。在整个审查过程中，李校长没有说出一句连累自己的话，他承担了一切责任。如果组织找自己谈，自己决不能把责任都推给他。想到这儿，她激跳的心平静了下来。她在等待组织的处分。

这一天真的来了。上午，田静茹正在教导处核对学校老师的出勤率，收发室的人员推门进来，告诉她来电话了。田静茹来到收发室对着电话说了声"喂"，她在给对方一个信号。

对方问："是田主任吗？"

田静茹听出对方是局党委办公室的张老师，心里咯噔一下显得有些慌乱。她知道自己被处罚的一天终于到来了。田静茹尽量用平和的语调答："我就是。"

电话那端的张老师说："你现在能来局里一趟吗？"

田静茹用手理了理头发答："可以，到哪个办公室？"

"党办。"张老师说完便撂下了电话。

田静茹站起来，右手放在前胸捂了好一会儿，长长地呼出一口气，走出收发室。田静茹从学校的自行车棚里推出她的红色坤车，向教育局的方向骑去。

教育局党委办公室里，坐着书记、张老师和田静茹。书记问："你和李森涵是怎么回事？"

田静茹心想："既然事来了，看来是躲不过去了。"她睁大一双杏核眼看看书记，然后低下头摆弄衣角沉默了一会儿，抬起头来拘谨地说："因为工作关系，我和李校长接触得多了一些。在接触的过程中，我们渐渐地看到了对方的闪光点，被对方所吸引，最后做出了不检点的事情。这次的事主要怪我，我单身多年，看到李校长这么出色的男人，我确实心动了。所以在他走近我的时候,我情不自禁地和他相拥在一起。我觉得自己是一名单身女人,可却忘记了人家是个有家室的人。我对不起组织对我多年的培养,我错了。"

田静茹的坦白,令书记出乎意料。书记也知道田静茹是在暗暗地保护李森涵。书记在想:"这两个人怎么了?到了关键时刻都在找自己的原因,看来他们是有感情的。"

"铃铃铃……"电话铃声响起,书记拿起办公桌上的电话,对着话筒说:"我就是,好,我马上过去。"说完,他转身对田静茹说:"你和李森涵都是教育工作者,做什么事情要考虑自己的身份,不能玷污人民教师的形象。不讲究师德,怎么去教育学生?希望你好好反思一下,不能再犯了。"

看到田静茹连连点头,书记便对张老师说:"我去省教育厅一趟,田老师的工作调动你跟她说吧。"书记说完就离开了办公室。

张老师告诉田静茹,她被调离教导处,回到语文教研室教课。临走的时候,张老师还语重心长地说:"田老师,你年纪不大,自身条件又很好,还是抓紧时间考虑一下个人问题,找个适合自己的男士结婚吧。"

离开了教育局,田静茹没有直接骑上自行车,只是推着车子走了很长一段路。她在想,组织上对自己的处分是能够接受的,是该找个男朋友了,这样在单位也可以减少其他人的白眼和猜测。她骑上自行车奔向学校。

邵大光放风筝的技术越来越纯熟。他现在只放飞自己做的风筝,换着样放。但他最喜欢放的风筝还是"三角航"。每次放飞,他总是把

"三角航"放到空中最高处，从地面望去，只是一个"静点"在那里。他索性坐在台阶上，欣赏自己的艺术作品，心里喜洋洋的。

"喂，你好。"两个陌生中年男子在向邵大光问好。

听口音，邵大光判断这两个人来自港台。邵大光客气地点点头。

其中一个年轻一点儿的男子向邵大光介绍："我们观看那个空中的'静点'风筝有很长时间了，真是一道美丽的风景线。"说着，又介绍身旁年龄相对大一点儿的男子说："这是我们香港电子器材公司的董事，他很喜欢你的风筝。"

邵大光很礼貌地站起来说："喜欢看，就多看两眼吧。"

香港的这位董事笑呵呵地说："我可以放一会儿吗？"

邵大光把手中的风筝线拐子递到了董事手中，并指点他应该怎样顺着风筝的"挣劲儿"去拉线。待风筝稳当后，就不用拉线了，风筝自然就达到了"静点"。

这位董事悟性很强，一会儿工夫，风筝到了他的手中也成了一个"静点"。

放了好一阵子，董事看看手表，和年轻一点儿的男人互相交换了一下眼神，年轻一点儿的男人说："我们李董事很喜欢你的风筝，你能把风筝卖给他吗？"

邵大光万万没有想到，自己做的风筝竟然有人来买，说明手艺得到了他人的认可，他有点儿沾沾自喜。然而这个风筝可是他的心爱之物，他们这是夺人所爱，邵大光有点儿反感地说："这风筝是我自己做的，你们要放风筝可以到路边去买，那边卖的风筝很漂亮。"

李董事客气地回话："正因为是你做的，我才感兴趣。卖的风筝千篇一律，你的风筝很有创意。我年轻时学过'木型'工艺，我买回去琢磨一下，也许会做出像你这样的好风筝。放自己做的风筝，该是多么愉快的乐事啊。再说，你还可以做，你会越做越好的。"

　　远道来的客人这么喜欢自己做的风筝，邵大光有点儿感动了。他慢慢地收线，风筝落下来了。邵大光把风筝递到李董事手里说："给你留个纪念吧。"

　　李董事高兴地接过风筝，放在年轻男子的手中，接着从手提的男式皮包里拿出一百元钱，递到邵大光的手中，真诚地说："太谢谢了。"

　　邵大光摆手说："这是送给你的，不要钱。"

　　李董事说："你做风筝很辛苦，我怎么会白要呢！"说完，他按住邵大光手中的钱，笑着摆手说："谢谢，再见。"

　　邵大光手握着一百元钱，心里觉得好笑："做个风筝玩还挣钱了？！"

第九章　苗圃打工生涯

　　时间飘到了1999年的春节。邵大光自打放风筝以来，心态发生了很大的变化。他热衷于做风筝，做出的风筝别具一格，家里的走廊墙壁挂满了各式各样的风筝。他把得意之作再次照了相，把风筝相片小心翼翼地插到相册里。

　　正月初八这天，外面还是白雪皑皑。邵大光看看外面的风不大，便决定放飞"大熊猫"风筝。"大熊猫"是他在白绸布上画的，做好的风筝很有国宝熊猫的高贵气质。他穿好棉衣，带着"大熊猫"向广场走去。广场上的人很多，邵大光把"大熊猫"放飞到空中，展现出大熊猫双手合掌的画面，随微风舞动，甚是喜人。从远处看去，大熊猫恰似给游人们拜年，看到的人都叫好。邵大光为了让游人看得更清楚一些，便把"大熊猫"放得很低，拉近了"国宝"和人们的距离。

　　一个声音传到了邵大光的耳朵里："这个风筝是谁做的啊？"

　　邵大光看着天空上自己的佳作，骄傲地答："是我做的。"

　　"真是太好了。"对方由衷的夸奖，令邵大光转过身来看看夸自己的人。

四目相对，他们几乎同时从喉咙里迸发出一个声音："是你?！"

邵大光惊喜地扔下风筝线拐子，"大熊猫"慢慢地落到雪地上。邵大光不管它，上前一步紧握住对方的手："石队长！"

对方也亲切地叫他的名字："邵大光！"

邵大光把风筝收好，看看手表，已到中午时间。他兴奋地拉着石峰的手说："石队长，中午了，咱们找个地方吃饭去，好好叙叙旧，我请客。"

石峰万万没有想到能在这个地方遇见邵大光，他也有好多心里话要和邵大光聊。两个人走出广场，来到附近的一家饭馆，找了一个靠后的座位，点了两菜一汤。邵大光问服务员有什么酒，被石峰制止了。石峰说："我年纪大了，血压高，心脏也不太好，就不要喝酒了。"

邵大光顺水推舟地说："多少年了，我是烟酒不沾哪。"

石峰告诉邵大光："现在咱们那疙瘩已经划归市区了，还通上了汽车。我就是坐147路公交车来这儿看看，没想到见到了你。"

听到石峰带来的消息，邵大光兴奋地拍下手说："真是太好了。"

饭菜上桌。熘肉段和酱烧茄子散发着诱人的香味，菠菜蛋花漂浮在汤的上面，看着就诱人垂涎。油香的东北大米嚼在嘴里，让人食欲大开。两个东北汉子脸上冒着亮光，虽然都是五六十岁的人了，但那精神头不亚于年轻人。

石峰说："这一晃，二十几年过去了，不知你们在城里过得怎样?"

邵大光夹了一块肉段放在石峰的碗里说："吃这个，糖醋的。"石峰笑着夹起肉段放在嘴里。

邵大光感慨地说："当知青那会儿，朝思暮想地盼望回城。回城当了工人，不比乡下轻松，只不过是挣工资，不再看老天爷的脸色。生活条件呢，当然要比农村强。在工厂干活儿，我任劳任怨，埋头苦干，钻研技术，后来当了车间主任。我是在拖拉机厂大件车间工作。看到我们生产的轮式拖拉机不太适合在农村地里干活儿，就琢磨着如何改进。这样，一方面农村地里能用上，另一方面，也能增加销售量。哪承想，没等我的改进成功，厂子停产转型了，我也下岗了。现在呀，待业在家。没事放放风筝，你这不都看见了。"

石峰瞪大眼睛听，竟忘了夹菜。

邵大光提醒石峰说："石队长，你吃菜呀！"

石峰夹块茄子放在嘴里，咽下之后又问："林雪呢，她怎么样？"

说到林雪，邵大光满心愧疚说："林雪也早就下岗了。现在靠打工维持生活，她自己揽了三份钟点工，整天忙得很。"

邵大光说到这儿，尴尬地笑笑，接着说："我现在纯属是让个老娘儿们养活啊！"

石峰被逗笑了。也只有他们这样曾经患难与共的朋友，才能这样坦诚地聊天，而且笑得没有顾忌。

石峰又打听起赵艳和李森涵夫妇的情况，邵大光一一向石峰做了简单的介绍。

邵大光反过来问石峰："田秀怎么样了？"

石峰告诉他："你抽走后，医务室的医生也调回城里了。来的那名医生是上面分来的医大毕业生。田秀想要当'赤脚医生'的愿望没能实现，情绪一度低落、郁闷。考虑她年岁大了，家里给她介绍对象，她也不愿见，介绍的对象，有几个还是城里的工人。1974年的时候，我听说正阳中医学院来咱公社招生，便去公社给她争取到了一个名额。"

邵大光睁圆了眼睛，认真地听着。田秀上大学的消息，让他听了很是欣慰。紧接着他又问："田秀大学毕业回到六棵树了吗？"

石峰说："田秀在学校学习成绩很好。在校期间，每次放假，别人休息，可她却不休息。她主动去附属医院实习，不断充实自己。几年后，她毕业了又以优异成绩考上了研究生，最后在附属医院当了一名针灸医生。后来，她的老师在国外开了个诊所，来信让田秀一起去发展。田秀参加雅思考试，还真过了关。田秀现在去国外已经好多年了。"

听到田秀有今天的前程，邵大光怎么也没有想到。邵大光甚至想，自己当初差一点儿就娶了田秀，一转眼都二十多年啦，如果真娶了田秀……

一想到这儿，邵大光真觉得自己是个老不正经的，林雪和自己同甘共苦这么多年，现在竟然敢这么想。他暗暗责备自己："我这个没良心的，瞎想些什么？"

石峰看邵大光的眼神有问题，似乎溜号了，便笑呵呵地问："喂，想什么呢？"

邵大光定了定神，撒个谎说："我女儿若能像田秀似的出国深造该多好哇！"

石峰附和说："肯定会的。你的姑娘错不了。"

饭快吃完了，石峰问："难道你还想继续放风筝吗？"

邵大光无奈的眼神定格在餐桌上说："刚下岗那会儿，毫不夸张地说，我真是想死的心都有。幸亏我家林雪一直鼓励我，还让我放风筝。还别说，放了这些天风筝，我觉得现在的心态好多了，正准备开春去找活儿。我想好了，只要能挣钱，什么活儿都行啊。"

石峰告诉他说："我有个外甥和他一个朋友合伙承包了二十垧地，搞苗圃生意，很挣钱。苗圃雇了好多工人干活儿，城里人在那里打工的也大有人在。一个月下来，工资保证比在工厂挣的多。如果你愿意的话，我跟他说说。现在是阳历二月，下个月末你就可以去了。"

邵大光真不敢相信自己的耳朵，说来活儿竟这么快。他心情雀跃得有些忘乎所以了，当场表态："我什么活儿都能干，放心吧。"

石峰笑笑："他们是去年承包的，开春小树都能长到人的膝盖那么高。绿树发芽的时候，正是出手的好时机。现在城市在搞建设，需要大量树苗进行绿化，可好卖了。"

邵大光好奇地问："那我去了干什么活儿呢？"

石峰喝了口水说："有两样工作，一是给树嫁接，那是整天活儿，按月开工资；二是起树苗，计件算。我看你还是起树苗吧。不把身子，挣得还多。"

邵大光手一挥说："听你的。"然后又问了一句："那个苗圃在什么位置啊？"

石峰想了一下说："他们的苗圃离城区相当近，你在这儿坐63路车，到终点站下车，再往前走半个小时就能到。"

俩人又东拉西扯了一会儿，互相告别分手了。

邵大光在回家的路上，觉得身上充满无穷的力量。他边走边唱："我爱祖国的蓝天，晴空万里阳光灿烂。白云为我铺大道，东风送我飞向前……"

邵大光要把这个好消息告诉他的老婆。

冬去春来，城市到处呈现绿色。桃树、杏树、丁香树在绿的海洋中散发出粉色花朵的香味，诱惑来往的行人。人们不由自主地睁大眼睛，欣赏春天给人们带来的美好景色。

飞机场里，赵艳拉着皮箱随着人流向外走去，边走边东张西望，寻找林雪的身影。正在愣神，忽然一朵鲜花在她的眼前抖动，定睛一看，正是林雪。

两个好朋友紧紧拥抱，眼里瞬间盈满泪珠。林雪把手中的鲜花递到赵艳的手中，赵艳闭上眼睛深深地吸了一口气，随后慢慢地睁开眼睛，笑眯眯地看着林雪说："真香啊。"

林雪接过赵艳手中的皮箱走出机场门外，打了一辆的士向赵艳的妈妈家开去。赵艳看到林雪瘦黄的脸，知道林雪一定很辛苦，酸楚的泪水滚落下来。

林雪莫名其妙地问："赵艳，你怎么了？"

赵艳用手帕擦擦泪水说："很长时间没回来了，这次回来看到咱们正阳市发生这么大的变化，很是激动。"

赵艳一把搂住林雪的腰肢，把嘴凑到林雪面前小声说："辛苦了，正阳的建设者们。"

林雪笑了，笑得很甜，不忘揶揄赵艳两句："你也会浪漫了！赵艳，你指定是在深圳受到了熏染。"

赵艳正了正身子问："这几年，你过得好吗？"

林雪习惯地用手向上撩撩头发说："挺好的。现在我们两个人都有活儿干，挣的钱也不少。"

赵艳知道林雪在做钟点工。她又问邵大光现在干什么工作，林雪说："邵大光在苗圃干活儿。虽说挣的钱比他在工厂时还多，可工作很是辛苦。为了多起些树苗，每天晚上到家都快九点钟了。两个月下来人都瘦了一圈。我劝他早点儿回来，就是不听，还说起树苗像玩似的。"

赵艳碰碰林雪的手说："他那是怕你担心。"

"这我知道。"林雪点点头。

"他的哥哥和嫂子还好吗？"赵艳转过头问林雪。

林雪告诉赵艳："他哥嫂好几年前就把房子卖了，去他们儿子那定居了。"

"他们的儿子在哪儿？"

"在美国。"

说话间，的士已到了赵艳父母的家了。

邵大光来到苗圃干活儿，正像林雪说的那样，很是辛苦，每天六点钟就从家出发，到了苗圃七点刚过。起树苗虽然挣的钱多，但是这活儿不好干，要测好树根的方向，不能伤着根，还要有稳劲和体力。看到一棵棵树苗在自己辛勤的劳动下，成功地被起出来，邵大光淌满汗水的黑黝黝的脸上露出了欣然的笑容。

傍晚，收工了，邵大光还不忍心离开，他仍然专心地在继续干活儿。同伴们喊他："邵师傅，再不走就赶不上最后一班车了。"邵大光笑笑："我跑步去车站，准能追上你们。"

林雪看到丈夫一天天消瘦，很是心疼。她更担心，万一把邵大光累倒了，这个家也就倒了。林雪劝说不动丈夫，正在焦急不知所措时，赵艳的到来，给林雪带来了希望。

在林雪的邀请下，赵艳来到了邵大光家。看到邵大光满身灰土回来，赵艳眼圈红了。赵艳上前紧紧握住邵大光像磨盘一样粗糙的双手说："你怎么回来得这么晚，我一直在等你。"

邵大光像孩子似的"嘿嘿"笑了两声，用还带着灰土的手挠挠头："天好就多干点儿。"

林雪从厨房里出来，她手里端着一盆面条，笑容满面地看着丈夫说："快去洗洗，今天赵艳来了，咱们吃迎客面。赵艳还买了一只大烧鸡，正好改善一下伙食。"

邵大光笑嘻嘻地去厨房洗脸洗手。

这个邵大光，还是那副任劳任怨的老实人样。赵艳不禁这么想。

饭菜上桌，仨人兴致勃勃地唠着家常。从下乡到下岗再分离，说不尽的感慨，说不尽的无奈，说不尽的抗争。最后，赵艳的几句话，令邵大光夫妇的心受到了撞击。

赵艳说："现在城市建设离不开绿化和建材。棚户区大量被拆迁，高档的、中低档的小区，年年像雨后春笋似的嗖嗖往外冒。装修需要建材，城市绿化需要树苗。这些不是一年两年就能完成的。与其给人家起树苗，倒不如自己开个小的建材商店。先小打小闹，动脑筋，想办法。也许生意会越来越红火。"

赵艳的建议，迎合了邵大光的心意，接近他的思路。其实，这几个月以来，邵大光的心里正酝酿着一个想法："与其给人打工，倒不如自己创业当老板。"

只不过开个什么店呢？邵大光还没拿定主意。他也有些担心，生怕搞砸了，那现有的稳定生活也会变得一团糟。

赵艳的一番开导，让邵大光觉得心里开了窍。赵艳看看手表，已经是晚上十一点钟了，想到第二天她的两位好朋友还要按点出门工作，便起身告辞。

林雪、邵大光看天色太晚，要送赵艳回家，但被赵艳拒绝了，她说："这几天我走亲访友，晚间打的士是常有的事。再说了，现在正是夏季，外面还有不少来往行人，还有的哥陪我一直到楼下大门外，你们还不放心吗？"

在赵艳的坚持下，他们只好把她送到出租车上。

邵大光和林雪很兴奋，认为赵艳给他们指引了一条致富的道路。两个人商量着开一个建材商店。可资金呢，怎么解决？邵大光和林雪又陷入了忧虑之中。他们躺在床上，左思右想，想不出一个好的办法。邵大光把身子靠近林雪："想是想，做是做，等机遇来了，咱们再开店吧。好好睡觉，明天还干活儿呢。"

林雪觉得丈夫说的有道理，伸手把台灯关上。漆黑笼罩了整个室内，一会儿工夫，夫妻俩就进入了梦乡。

邵大光越来越瘦了。虽然每天晚上回家，邵大光都会在门外用手拍打身上和头上的灰土，但每当开门的时候，林雪都会坐在客厅等候他。林雪看到邵大光满脸的倦容，无力的笑脸，知道他的身体已经透支了。这回林雪不准备用劝说的方法来阻止他超负荷的劳动。因为这种方法，邵大光只当耳旁风。她决定采取另一种手段争取说服他。

这一天，吃完晚饭后，两口子坐在沙发前看电视，林雪开口了："你看你现在累得都瘦了十几斤。"

"是吗？"邵大光用手摸了摸自己的下巴。

林雪趁势用手端起邵大光的下巴，紧绷着瘦黄的脸，说："你照照镜子，你都成谁了？"

"成谁了？"

"成孙悟空了。"

邵大光笑笑说："成孙悟空还不好，多灵活啊！"

　　看着丈夫油盐不进的样子，林雪要发怒了，有些气愤地说："跟你说多少回了，晚上你一定要在六点前赶回家。你天天晚上九点多钟到家，一是你累，二是你考虑我了吗？我也挺累。天天等你到九点多钟，你还让不让人休息了？"

　　邵大光紧绷着个瘦长脸，脸上的青筋随着怒气一跳一跳地说："谁让你等我了？我早就告诉过你，让你先吃饭。"

　　"你总把我和你分开！咱俩是一体。你不回来，我吃不下饭。"林雪也不示弱。

　　邵大光发怒了，没好气地说："啊，我给家挣钱，还有罪了吗？"

　　林雪放大声量说："我就不让！"

　　邵大光心想："哼，说谁哪？"他反戈一击回应林雪："你不是一天也干三份活儿吗？让你减一份，你都不干。"

　　林雪有些发怒了："我那三份工作，并不是总干，很多时候还坐着呢。我的活儿是辛苦，但身体没透支。"

　　邵大光咽下一口唾沫，想说什么，又闭上了嘴。林雪乘胜追击："从明天开始，你必须六点前到家，不然的话，咱们就不过了。"说着她像孩子似的大哭起来，边哭边说："咱们有一个人累趴下，日子连这样都过不了，见好就收，不能拼命。累病了得多少钱治呀！你挣那几个钱够搭的吗？"

　　"呜呜"的哭声，震得桌子在颤动。

　　邵大光妥协了，因为他觉得林雪说的有道理，他这几天就觉得胃难受，他偷偷喝了点儿面起子，缓解了一些。最后，他们俩达成协议：每天早晨，邵大光七点从家走，晚上六点前必须到家。下班后，邵大光负责买菜，晚上两人一起做饭。

听说赵艳要回深圳了，王莎莎准备在赵艳临走之前给她饯行，这当然也少不了林雪。王莎莎也想顺便把自己这几年来心中的苦水向两位好朋友倾诉。长期憋在心里的不快，让她感到前胸闷得慌，呼吸不畅。在赵艳临走的头一天晚上，三姐妹在"枫林饺子馆"相聚了。寒暄亲热之后，她们点了锅包肉、家常凉拌菜、海蜊子萝卜丝汤，还有两盘送客必有的水饺。菜饭上桌，香喷喷的美味佳肴伴随着浓浓的友情，仨人都觉得有很多知心的话要一吐为快。借着今天的色香味俱全的美食，毫无保留地倾诉出来。

赵艳说："刚开始和老公去那里时，深圳这个城市的建设才起步。老公在工地上干瓦工。瓦工活儿虽然累、脏，但挣的钱还不错。如果和这儿的瓦工挣的钱相比，那要多好几倍呢。"

"我的厨艺很好，工长把我安排在工地上给工人们做饭，还配一个老师傅。我们俩负责工地几十人的饭菜。早晨，太阳还没出来，我就和老师傅推着车子去早市买菜。等买了菜回来一看表，还不到五点。我们俩便开始蒸馒头，煮粥，再炒一个素菜，拌点儿咸菜。上午九点开始做中午饭。我们中午基本都焖饭，菜相对好一些。每天午间，工人们都能吃上两片肉，再来个炒菜。午饭之后，我们能小休一会儿。下午三点钟开始做晚饭，或是面条，或是馒头，配有蛋炒菜，还有一个素菜。晚饭吃完后，小休一会儿，我和老师傅把第二天的面食准备好，把面加上面肥揉好，让面第二天发酵。说实在的，总感觉累得慌，还缺觉。"

"那时，我们累得躺在板钉的木制简易房里，只要一着床，就睡得沉沉的，虽然我和老公紧挨着睡，可谁也不碰谁。累得都爬不起来，谁还有心思干那事呀！"

听到这儿，林雪和王莎莎笑得前仰后合。

消停一会儿，林雪捂着嘴小声说："你可真够开放的，光天化日之下，竟敢大谈房事。"

王莎莎却深有感触地说："人家互相不碰，那是因为太累了。不累的时候还不是照样！"说完，她看看两位好友。六目相撞，禁不住都开怀大笑起来。

王莎莎收起笑容，用羡慕的目光凝视赵艳说："虽然你们艰苦几年，但凭着你们两口子齐心合力打拼，现在不是好了吗！你们在深圳买了房，老公又当了包工头，又像宝似的供着你，你可是找到好老公了。"

赵艳不服气反驳说："你别得了便宜卖乖。李森涵又是老师，又是学者，文明体面，哪像我们那口子，整天和灰土打交道。"

"他文明？得了吧！精神出轨，也就是我忍了吧。"王莎莎有点儿伤感。

赵艳刚回来，不了解情况。林雪知道，王莎莎这么多年虽然生活很稳定，孩子又在英国获博士学位，但莎莎的婚姻生活却是"外面垒高墙，家里空空的"。

看到赵艳的神色，王莎莎便把她和李森涵现在的状况说了出来："我们现在虽然在一个锅里吃饭，但晚上睡觉是分开的，他一个屋，我一个屋，一天到晚说的话都没有几句。下了班，吃完饭，他便一头扎到他的屋子里，写数学题解的书籍。虽然出了几本数学题解的书，还挣了钱，可我怎么也高兴不起来。"

赵艳问："那他挣的钱都给你吗？"

王莎莎坚定地答："他敢不给！"

赵艳和林雪安慰王莎莎，告诉她，把钱看管好了，就是婚姻坚实的堡垒。王莎莎用骄傲的口气说："管不了他的精神出轨，我再掌握不了他的钱，那我可真就是太窝囊了。"

赵艳把脸扭向林雪："我看邵大光对你还是不错的。"

林雪有些不知足地说："那也是我使出的计策，才把他规矩好的。不然，天天下班那么晚，身体不造坏了才怪呢！"

赵艳提醒林雪："你们都这么大岁数了，总这么在外面打工不是事。"

这句话触动了林雪的神经，赞同地说："谁说不是？邵大光做梦都想自己当老板，开个建材商店。"

王莎莎睁圆了眼睛听着，想不到邵大光和林雪两口子还有这个远大的志向呢！

赵艳喝了一口汤，放下小汤勺，对林雪说："这是完全能实现的。已经改革开放这么多年了，政策是支持下岗职工经商再创业的。"

林雪不语。她夹了一口凉菜放在嘴里，慢慢嚼着。一会儿，有些像自言自语，眼里溢满无奈，"只有再等等了，现在光注册资金就需要三万元呢。真是一分钱难倒英雄汉哪！"

赵艳低头思索，她把筷子放在盘子上，像提示又像命令："你们要抓住现在城市正在大搞经济建设这个机遇。上次我已经告诉你们了，做建材生意会很挣钱的。就是光销售水泥和沙子，也比你们现在挣钱多。"

王莎莎只是专心教书，抓教学质量。听到两位同窗大谈生意经，也感兴趣地放下筷子，好奇地倾听。

赵艳又告诉林雪："如果过几年，也许不会有这么好的机遇了。"

王莎莎问："如果只卖水泥和沙子，那得需要多少钱？"

　　林雪喘了口粗气："唉，去了注册资金，还有租金，怎么还不得四万哪！"

　　王莎莎很讲义气地说："那我借给你一万。"

　　王莎莎的表态，令赵艳很兴奋，她紧跟着说："我也借给你一万。"

　　老同学的慷慨解囊，使林雪瘦黄的脸上露出难色，她摆手说："这怎么行呢？今天是欢送赵艳，整来整去，变成我伸手向你们借钱了。"

　　赵艳说："客气什么？我们钱放哪儿不是放？是借给你的，以后你和邵大光是要还的。"林雪低头不语。

　　王莎莎把脸凑到林雪耳朵旁："我这也是借给你的，等你赚了钱，可别忘了还噢。"

　　林雪抬起头，露出开心的笑容。王莎莎和赵艳看到林雪的双眸已经盈满泪珠。

第十章　梦想成真当老板

　　林雪带回来的好消息，让邵大光心花怒放。他兴奋得攥起拳头，用力挥动几下。邵大光觉得多少年积压在心头的闷气在向外飘飞，身子骨也在舒展。不一会儿，接到了赵艳的电话，听到电话那端亲切的声音，夫妻两人觉得并不孤独。顿时，邵大光身上的力量在升华。赵艳在电话里告诉他们，她买了明天晚上的机票，算算自己现在兜里余下的钱，她能给他们夫妻俩的账户里打进一万二千元。林雪脸上露出少有的光彩。

　　林雪坐在丈夫面前摆弄着手指头，计算着资金的数目说："赵艳一万二，王莎莎一万，楚楚这几年当家教给咱们的钱，再加上咱们这几年的积蓄……算算能有三万九千元了。"

　　邵大光眼里闪动兴奋的亮光，在晒得粗糙黝黑的皮肤衬托下，眼睛的神采更加明显。邵大光凝视着妻子，送给她甜甜的笑容。虽然妻子的眼角、额头，甚至嘴角都已爬上了皱纹，但此时邵大光感到林雪真美。他把林雪抱在怀里，在地上转悠几圈。

　　林雪搂着邵大光的脖子直嚷嚷："我都迷糊了，快放下吧。明天我还得上班呢。"

邵大光喜滋滋地把林雪放在沙发上说："等做生意赚了钱，我要让你过上最好的日子。"

邵大光没再去苗圃起树苗，他整天在正阳市几家大的装潢市场里考察，还去水泥厂找人打听水泥的型号、质量。邵大光知道，如果从水泥厂直接进货，减少中间环节，会增加利润的。邵大光又去了几家沙石厂，比较之下，他心里有谱了。水泥、沙子的渠道他弄明白了。之后，邵大光还去了几次工商局和地税局，打听注册公司的程序和手续。有几天，邵大光坐在这两个地方，一坐就是几个小时，一是摸清注册公司需要的各种流程手续，二是碰到有像他这样要办公司来办手续的人，与他们谈上几句，积累点儿经验。

一星期的时间过去了，林雪只看见邵大光每天都往外跑，却没听他说事情进展得怎么样了，林雪纳闷儿："邵大光那么渴望当老板，机遇来了，他怎么又温良恭俭让了呢？"林雪知道丈夫是有他自己的谋略的，所以，她不催也不插嘴，要给他静思的时间。

赵艳回到深圳后，心里记挂着林雪。赵艳曾两次来电话，询问做生意的钱够不够，如果不够，她再寄点儿。赵艳还嘱咐林雪，做生意不会一帆风顺的，如果遇到困难千万别气馁，要敢于面对，善于解决。另外，赵艳还给林雪提出个意见，她在电话里说：

"这次回来，发现你变化很大。首先，从外形上，你瘦了很多，并且脸色黑黄，希望你买些保湿抗皱的护肤霜。我们还不算老，为什么不注意保养自己呢？再一个，就是发现你性格上变得卑微了。不管我们干什么行业，都应该挺起胸膛。要不卑不亢，言谈举止要恰到好处。特别是将来做生意，更应该把握一个'度'。"

赵艳在电话里的诚恳帮助和提醒，林雪觉得真的很及时。林雪下决心要改变自己。她也告诉赵艳，邵大光现在正忙于办理建材商店的手续。估计再有十天左右就可以办成了。至于钱，已足够了，不要再寄了。林雪把对赵艳的感激之情，通过电波，再一次表达出来。让赵艳等待她和邵大光的好消息。

邵大光的建材公司就要开业了。

邵大光通过考察，在新建的红品小区里租了一个门市房。门市房的大门冲着大道，门前是板石路，大约有四米多宽，周围是红品小区。小区估计再有十天左右就要给业主发钥匙了，邵大光认为这可真是天时地利呀。

开业的前几天，邵大光和林雪商量是否搞一个庆典仪式。林雪建议："如果搞一个庆典仪式，就要有人来捧场。一方面，麻烦亲朋好友，另一方面，我们还要张罗布置宴会等，多方面都破费。最主要的是看将来生意的效益。我们俩现在只能节省开支，闷声发大财。"

邵大光觉得妻子说的有道理，于是，他采取了"闷声发大财"的开业形式。邵大光在门上贴了大红字"开业大吉"，大门的右侧挂了个牌子，上面写着"大光建材商店"。开业的第六天，是红品小区给业主发钥匙的日子。这个小区规模很大，二十几栋十几层的高大楼房巍然屹立，住户足有三千多。邵大光在小区发钥匙的当天，在门玻璃上贴出字："从即日起一周内，沙子、水泥八折销售。"

为了方便业主，林雪特意到附近的马路市场，联系上门送货一事。林雪联系了几个有长板车的力工和几个瓦工，这些人觉得很幸运，有人给他们揽生意了，所以很是感谢林雪和邵大光。为了提高服务质量，邵大光专门给他们开了会，要求他们送货运输的价格一定要合理，本着薄利多销的原则、服务热情周到的理念，来赢得顾客的信赖。只有这样，才能多揽生意，多赚钱，大家才会有饭吃。邵大光又强调，顾客就是衣食父母，送货的时候要讲究诚信，尽量满足顾客的要求。邵大光最后强调，如果来了生意，大家不要抢，按着排队的顺序送货。为了把这些人组织好，邵大光还在这些人中间选出一个组长，顾客来了，由组长按顺序派活儿。

邵大光看着这些人很专心地听他讲话，有人还连连点头，他激情大发："我们大家都是为了生活，为了生活走到一起来了，这是我们的缘分。希望我们大家要互相关心，互相帮助，文明经商，和气生财呀！"

邵大光讲完话，工人们脸上露出欣慰的笑容，知道大光建材商店会给他们带来好生意的。他们鼓掌并表态："一定按照邵老板说的办。"邵大光心里喜洋洋的，他感到了当老板被人尊重的滋味。

果真不出所料，很多拿到钥匙的业主，对八折销售的沙子和水泥很感兴趣，纷纷来到商店打听。听说还有力工给送货，更是欢喜。得知开业这几天送货费用也是八折，有的业主当机立断，当场就交款提货。

林雪收款、开票，邵大光笑迎顾客，不一会儿的工夫，订货的人竟排成了长队。很多顾客询问："老板，有没有瓷砖和地砖？"

邵大光灵机一动："这两天就进货。"

一天下来，商店就出售了几十户业主用的水泥和沙子。邵大光忙着给批发水泥和沙子的销售部门打电话，让他们抓紧给供货。

傍晚，太阳已经落下山，小区内也肃静了，领取钥匙的业主人家开始做好第二天装修新房的计划。邵大光和工人组长田师傅忙于归拢余下不多的水泥和沙子。田师傅是个瓦工，很了解瓷砖地砖的质量。邵大光谦虚地问："田师傅，你说咱们进地砖和瓷砖，是进高档的，还是进中档的、低档的？"

田师傅是一名中年人，非常沉稳，而且多年的瓦工生涯，使他十分了解各层次人们的需求。看到老板这么信任他，田师傅心生感动，他毫无保留地提出了自己的建议："还是多进中档的，适当再进一些低档的，高档的暂不要进。如果高档的进了，卖不出去，砸到手里要吃亏的。"

田师傅还告诉邵大光："进来的瓷砖和地砖要放到离门远一点儿的左侧墙那边，免得被运进来的水泥和沙子碰撞。"

同时，他还提出建议："要多买些编织袋子，装上沙子，再称出一袋沙子是多少斤。这样整袋子卖出去，会方便顾客往楼上运的，咱们出售沙子也方便，省时环保。当然，编织袋子的成本要打入沙子成本里面，这样变相我们又出售编织袋子了。"

邵大光听得入神了，他用赞许的眼神注视着田师傅，心中暗想："真是'三人行，必有吾师焉'。"

邵大光亲切地对田师傅说："明天咱俩去批发市场，选选瓷砖拉回来，这样能早点儿出售，不耽误工。明天你的工钱我出。"

田师傅连连摆手说："邵老板，不用客气。你大河流水，我们小河才能满啊！"

邵大光说："就这么定了，一码是一码。"

田师傅还告诉邵大光，现在顾客用瓷砖、地砖急，只能暂时去批发市场进货。如果卖得好，就直接和厂家联系进货，减少中间环节，那利润就更大了。邵大光觉得田师傅说的很有道理，连连点头称赞。

第二天一早，邵大光和田师傅去装潢批发市场选瓷砖。临走时，邵大光告诉林雪，今天上午要进两大卡车沙子，放到门外就可以了。有买沙子的，先订货，过了中午就给他们送货。

大光建材商店照常开门营业了。林雪坐在门市房里的桌前，给顾客们开订货单，并告诉顾客，老板回来，立马给送货。

送沙子的汽车来了，林雪按着邵大光的吩咐，让送货的工人把沙子卸到门前。一会儿，门市的前面堆了很大一堆沙子。汽车刚走，有两个物业的人来到门市找老板。林雪警惕地说："我就是老板，有事吗？"

来的两个物业人员年纪不算大，一个矮点儿的约有三十几岁，另一个稍高点儿的也就二十几岁。矮个子的物业人员说："你们商店这沙子太挡道了，应该往里挪挪。"

林雪满脸赔笑地说："一会儿就运走了，他们买编织袋去了，回来把沙子装袋子里放到门口就好了。"

高个子物业人员态度生硬地说："你们现在已经妨碍交通了，罚款二十元。"说着就从背兜里拿出一沓票子来，准备开罚单。

林雪一看这架势，她顾不了卖货，上前和两个物业人员理论起来："这些沙子我们今天一准卖完。一会儿编织袋来了，你想让沙子放在这，也放不了。"

矮个子声音严厉地说："拿钱来，罚款二十元。"说着看了高个子一眼，高个子心领神会地在票子上写上"二十元"。

林雪一看，简直没有商量的余地，她一下子恼怒了："钱、钱，你们除了认识钱，就是钱，还能认识什么？少来这套！你们少在我面前装老大。告诉你们，我们刚起步，没有钱。要命你们就拿去。"

矮个子愤愤地说："你还讲不讲理！"

林雪想："讲理行不通了，看来我得来狠的。"她用蔑视的目光打量眼前这一高一矮两个人，用袖头抹抹要流下来的鼻涕，"哼，你们不就是要钱吗？没有！因为我没犯法。今天你们上门找碴儿，是因为我没给你们买烟抽，如果我给你们买两盒烟，你们早就放到兜里走人了，还罚什么款呢！"说着，林雪做了个往兜里放烟的动作。

这时，已经有许多顾客围上来观望。林雪更来劲了，她两手叉腰，怒气冲冲地喊："你们越想要烟，我越不给你们买。想罚款，把派出所民警找来。"林雪太瘦了，她发怒时，两个眼珠子都要冒出来了。

力工们过来劝她："嫂子，别生气。慢慢说。"

林雪说："能不生气吗？你看看他们那个德行！没烟抽，竟来找老娘的麻烦。告诉你们，我还是那句话，要钱没有，要命有一条。"

林雪歇斯底里地喊着，让两个物业人员觉得不好收场。看到林雪几乎要冒出来的黑眼珠子，高个子拽了一把矮个子说："这哪是人哪？这简直就是个骷髅。"

矮个子看到围观的人正用谴责的眼神盯着他们，好像在询问："你们是向人家要烟了吗？"再看力工、瓦工气势汹汹地站在那里，两个人觉得事情不好，便没趣地离开了。

林雪的目光追随他们的身影，大声地喊："你说谁骷髅？告诉你们，我要做鬼那天，先抓你们两个。"

有的顾客来劝解："算了，他们已经走了，气大伤身，好好做生意吧。"围观的人们善意的安慰，让林雪感到很委屈，一时觉得身上无力，竟一屁股坐在了地上，双手捂着脸放声大哭起来。

大家同情地摇摇头："唉，做个生意也不易呀！"

邵大光和田师傅正好赶回来，看到这一幕，知道林雪遇到麻烦了。邵大光走到林雪面前，慢慢将她扶起。看到妻子哭成泪人似的，他用手给林雪擦拭泪水。邵大光的手也被泪水浸湿了。他安慰林雪说："别怕，有我呢。”

林雪带着哭腔告诉他：“物业嫌我们沙子堆太大，说阻碍了交通，要罚款二十元，我没给，把他们骂走了。”

邵大光一听气愤得牙根直痒痒，他用力向地上吐了一口唾沫：“他们敢！”

邵大光让林雪去门市里坐坐，平静一会儿，邵大光又向顾客们说：“一会儿编织袋就来了。以后买沙子就装袋子里，又好运，又干净。中午吃完饭，就能装好。现在订货也可以，午后来买也行。大家还是午后来买沙子。午后瓷砖也进来了。”

顾客们一听说商店进瓷砖，大家都准备下午来，正好连瓷砖一起买回去。

这时有人问：“瓷砖是不是也八折呀？”

邵大光笑呵呵地爽快回答：“那当然了。”

做生意开办商店，每个月必须要到税务局报财务支出表。邵大光和林雪对这可都是外行，必须要请财会和出纳。可是请谁呢？请外来的，不了解底细，人家是奔钱来的，肯定钱不能少给。邵大光想起了李森涵。于是，邵大光和林雪商量：“李森涵在学校里，肯定有学生家长当会计的，求他帮忙。”

林雪说：“求李森涵，还不如求王莎莎呢。上次我去他们学校时，看到他们紧靠外面的一个屋子是财会室，学校肯定有会计和出纳。”

邵大光眯起眼睛打量林雪，幽默地说：“我老婆不但会撒泼，还很有智谋呢！”

林雪撇撇嘴，用手指点着邵大光的额头说：“哼，你就学着点儿吧。那天我要不撒泼，他们就得逞了。你想啊，那可是二十元钱哪。”

　　看到自己老婆瘦得说话时脖子的青筋都要迸出来，邵大光没言语，觉得很愧对妻子。邵大光暗暗下决心，等日子再缓缓，就不让她和自己拼了，叫她好好歇歇。让她在家像别的退休老太太一样，去逛街，去跳广场舞。回来再做做饭，开开心心的，让她过几天好日子。

　　林雪不知道邵大光的心里在想什么，还以为邵大光不服气呢，她用手碰了一下丈夫的胳膊，娇嗔地说："行了，我是在夸自己，又没说你什么。谁都知道，这个家你说了算，别小心眼儿了。"

　　邵大光笑了，他用手刮了一下林雪的鼻子说："傻娘儿们。"

　　林雪笑了，甜甜的。

　　林雪准备去王莎莎家求她帮忙。一方面是看看李森涵两口子哪个能量大，另一方面，林雪知道王莎莎的婚姻出现了点儿小问题，想再看看能不能帮帮王莎莎。第二天下班后，林雪到超市里买了一只道口烧鸡和一挂香蕉。她知道这两样都是李森涵最喜欢吃的。

　　王莎莎家是一个三居室约有一百三十多平方米的楼房，屋里的陈设一看就是知识分子家庭。室内有一个书房和两个卧室，厅很大。彩色大屏幕电视下面是一个很高档的长条电视柜。长皮沙发带个慢弯的角度，能坐能躺。林雪敲开了李森涵家的门，王莎莎一看是林雪来了，很高兴。李森涵听到是林雪的声音，便从他的屋子里走出来，热情地走向前与林雪握手说："好几年没见面了，你瘦了不少。"

　　林雪笑呵呵地说："你还是以前那样，没变。"

　　李森涵摸摸自己的头发说："唉，头发都要白了。"

　　林雪摸摸自己的头发说："你看我的头发多黑呀！"

　　李森涵笑笑说："那是，那是。"

　　林雪把手放下俏皮地说："染的，不染的话，全是白的。"

李森涵文雅地说："真是岁月不饶人哪！"

王莎莎接过林雪手中的袋子说："站着说话干吗呀，快坐呀。来就来呗，还买什么东西啊！"王莎莎说着，把东西放到了厨房里。

李森涵和林雪坐在沙发上，李森涵问："听说你们当老板了，生意怎么样？"

林雪说："最近刚开业，还挺好的。"

王莎莎从厨房走出来，拿来几瓶杏仁露，递了一瓶给林雪，说："走了挺远的路，喝点儿吧。"

王莎莎知道林雪上门拜访，一定是有什么要紧的事，她用疑问的眼神看着老同学问："生意开张后，有什么问题吗？"

林雪把目光移向李森涵，又转回脸显露出难言的样子。

李森涵笑笑说："有什么困难说出来，大家一同想办法。"

林雪看看李森涵两口子真诚的目光，一阵感动从心头涌起，便开口说明了今天来的意图。

李森涵听完，脸上露出轻松的笑容说："我以为出了什么大问题，不就是请个会计嘛，我们能办到。"

王莎莎告诉林雪："我初中有个同学和我很好。初中毕业的时候，人家报考了财会学校，我报了高中。三年后，人家中专毕业当了会计，我却下乡了。现在我们俩在一个学校工作。她现在是会计师了，我再让她带个出纳。反正我们学校有校办工厂，他们一个月也要去税务局报表一次。你每个月来，把商店收支情况向她说一声，她就会给你填上表格，一起报上。"

林雪喜出望外，疑惑地问："那行吗？"

一旁的李森涵搭腔："我们两家处得很好。上个月她家老二结婚，我和莎莎还去喝喜酒了，你就放心吧。"

王莎莎说："我老同学也是举手之劳，别放在心上。"

林雪感动地握着王莎莎的手说："我要给人家付费的。巧使唤人的事，我和大光都不会干的。"

林雪咽了一口唾沫又说："现在生意很好，月末咱们几个聚聚。"

王莎莎高兴地说："我就等那一天呢。"

林雪环视一下屋子，心生羡慕地说："你们家多幸福呀！你们两个人都是中学高级教师。孩子在伦敦，又是博士后。你们这可真是苦尽甘来呀！"

王莎莎安慰说："你们也快了，楚楚多有出息呀！"

林雪点点头笑笑，脸上浮现出自豪感："那孩子挺懂事的，虽然是独生女，但穷人家的孩子立事早。楚楚利用休息时间做了两份家教。寒暑假也不休息。楚楚这孩子知道爹妈很辛苦，时常贴补家里。"

李森涵拿起杏仁露递到林雪手里，"喝点儿吧。"

林雪感到渴了，接过饮料喝了几口，她站起来说："我想看看你们室内的布置，将来有钱了，向你们学习。"

李森涵夫妻二人陪林雪到厨房、卫生间和餐厅看看，接着又看了两个卧室。看完后，三个人又回到了原位。

林雪故作惊讶地问："怎么两个屋都睡人哪？"

王莎莎知道林雪的心思，便很配合地答："人家已经在那里睡了很久了。"

林雪瞪大眼睛问："李森涵，是吗？"

李森涵低头不语。

林雪拿起饮料又喝了几口，有所感悟地说："赵艳上班时，总和我说夫妻是恩人，兄弟是'仇人'。当时我还不理解，这么多年过去了，我似乎也悟出了这个道理。不论我们遇到了什么艰难困苦，只有夫妻才能同甘共苦，共同努力，闯难关。你们想，邵大光下岗时，是我帮他调整心态，和他一起吃苦没有怨言。他的哥哥去了美国，一年只能来几次电话，我们是报喜不报忧。哥儿俩的命运天壤之别。当我们有病的时候，还得是对方给你端茶倒水。我觉得赵艳很成熟，人家能感悟这么深，难怪她老公只有初中文化水平，她还是和老公夫唱妇随。本着嫁鸡随鸡、嫁狗随狗的传统观念，她把婚姻经营得那么好。"

李森涵认真地倾听，低头不语。

王莎莎说："人家孩子本来可以上大学的，可她老公硬是让儿子上职业技术学校。毕业后把孩子带到了深圳，去了一家公司当了一名电工。听说挣的还不少呢！"

李森涵插嘴说："人各有志，行行出状元。"

林雪也知道自己还带着另一个"任务"来的，她看看李森涵笑笑，用夸奖的口气说："李森涵，你也是好样的。当年为了莎莎，竟然放弃了回城，把招生名额给了邵大光。"

李森涵脸上漾起了欣慰。

林雪又责怪王莎莎："我说你现在过上了好日子，竟然把李森涵赶到北屋去睡。你这么做对吗？"王莎莎张张嘴又闭上了。

林雪接着又说："细想想，让咱们可劲儿沽，还能活多少年哪？你们家条件这么好，莎莎你别闹了。今天晚上，你就把李森涵接到大屋，他不来，你就拽他。告诉你，好男架不住女逗。你对人家好，李森涵才不是那么没有良心的小人呢！"

林雪又把脸扭向李森涵问："你说呢？"

李森涵很服气地答："那是，那是。我今晚就搬过去。"

林雪抬起右手摸摸头发，面带羞容地笑着说："我和邵大光累得连《新闻联播》都顾不上看，到晚上睡觉时，还在一个被窝里骨碌呢！"

王莎莎正好喝一口饮料，还没等咽下去，乐得一口喷到地板上。李森涵虽然原地没动，但低头笑得全身颤动着。他万万没有想到，这个曾在一个饭锅里吃饭的户友，今天竟会这样毫无顾忌地大谈自己的隐私。李森涵哪里知道，这是林雪用自己的献身精神成全他的家庭和谐。

邵大光的建材商店自打开业三个月以来，生意一直很好。经红品小区业主们的建议，邵大光和田师傅又去批发市场购进了一批时尚的暖气片。由于物美价廉，很多人家都来购买。田师傅又联系了几名水暖工负责安装。邵大光看着买卖越做越大，他和林雪忙不过来。田师傅多年在装修市场上做事，不但瓦工手艺好，而且对于水暖、电工、木工等也很内行。几个月的接触，邵大光感到田师傅做生意很有谋略，人又稳重真诚，在同行中口碑很好。于是，邵大光和林雪商量，不让田师傅去干活儿了，任命田师傅为大光建材商店的店长。

重赏之下必有勇夫。对邵大光的提携，田师傅感恩戴德。自此，田师傅成了邵大光的得力助手，他把这个店看成是自己的店，尽最大努力把店长工作干好。在经营上给了他们两口子极大的帮助。

由于红品小区处于一个好地段，而且它的周围又有几个小区悄然而起，这给建材商店带来了更大的商机。

一晃半年过去了。在大光建材商店周围，又有几家建材商店开业了，而且还有塑钢窗装修门市、麻辣烫、饺子馆等先后在这条街上开张。正值冬季，尽管室内装修仍可进行，但顾客明显少了很多，几个月的盈利还不如旺季时一个月的进账。

林雪觉得有些慌乱，她提醒丈夫："你封了个店长，月月给他薪水。旺季行，淡季咱们到哪里都是干闲着，你还花钱雇个店长，划算吗？"

邵大光白了妻子一眼，没好气地反驳："真是女人哪，头发长见识短。咱们是根据当月的效益给人家提成，效益不好，人家提成相对也少。啊，旺季你用人家，淡季就撵人家走，这是人办的事吗？再说了，人家天天在店里守着，一个月没得几个钱，你以为人家愿意在这儿干靠吗！人家是仗义，才坐在这儿不动。"林雪觉得丈夫说的有道理，便不说什么了。

邵大光又说："开业时的几个月，生意是那么火，田师傅立了很大的功。咱们刚起步，又是外行，靠咱俩能挣那么多钱吗？只三个月的时间就把赵艳和王莎莎的钱还上了。我们没有外债，还赚了钱。"

林雪不耐烦地说："行了，行了，人家都不吱声了，磨叨个没完了？"说完，林雪移步向别处走去。

楚楚听说父母开了建材商店效益还不错，愉悦的心情令这个二十六岁的姑娘放弃了家教工作。她也想轻闲轻闲。学校放寒假了，楚楚回到了她阔别三年之久的家中。

邵大光和林雪看到楚楚回来，高兴得合不拢嘴，问长问短，一家终于团圆了。看到父母瘦了，也老了，楚楚心里在掉泪，她知道父母一定很辛苦。楚楚从包里拿出五千元钱，递到林雪手中说："妈，给。"

邵大光和林雪说什么也不要，告诉她："家里生意很好，即使现在是淡季，还聘了一个店长，去了一切开销，每月还能盈利千余元呢。到了旺季，冲破万元不是梦。"

楚楚坚持说："妈、爸，这是我孝敬你们的，即使你们成了百万富翁，我也要孝敬你们。"楚楚的懂事，使林雪流下了欣慰的泪珠。林雪抱着楚楚久久不放。

楚楚还告诉父母一个好消息，她有了男朋友，是一名建筑师，他们准备"五一"期间结婚。楚楚带来的好消息，令邵大光夫妇格外高兴。女儿楚楚越来越大了，这也是他们心中的一个结。今天，这个结终于解开了，做父母的真是心花怒放。

邵大光借此奚落了林雪一下："哼，你还要撤店长呢，把人家撤了，你'五一'怎么去北京参加女儿的婚礼？"

林雪笑着白了邵大光一眼，"你总是有理，以后就干脆叫你'常有理'得了。"

楚楚觉得爸爸说的有道理："爸，你聘店长是对的，千万别撤。有了店长给咱撑着，多省心啊。钱够花就行了，以后我还要接你们去北京定居呢。"邵大光看女儿这么支持自己，他开心地笑了。

林雪望着丈夫，觉得此时的邵大光笑得竟像个大男孩儿。

时间飘飞到了2006年，邵大光和林雪的双鬓染上了白霜，时间也给这座城市的发展抹上了金黄。大光建材商店所在的这条街已经发展成商业一条街。城市建设的加速，使这条街变成了黄金地段，给这条街的商家带来了巨大的商机。在店长田师傅的精心经营下，大光建材商店的生意一直处于稳定状态。邵大光腾出时间去考察市场，好根据市场情况调整经营方式。他觉得自己已经是六十岁的人了，能过上今天的日子，就很知足了。邵大光不求买卖做大，只求买卖做稳。有田师傅这么个好助手，真是他修来的福分。为了减轻田师傅的负担，邵大光又招聘了一个年轻的店员。这样，林雪就彻底离开了大光建材商店，回家去做自己想要做的事情。

邵大光家附近有个公园，林雪经常去公园散步，还参加了公园里的老年合唱团。每当唱到林雪最喜欢的民歌，她的眼睛里都会放射出快乐、幸福的光芒。在合唱团里，每当唱起《牡丹之歌》时，林雪的心里都会荡漾着复杂的情感。随着婉转澎湃的旋律，林雪一会儿想到了艰难的岁月，一会儿又回到了今天美好的生活里。唱着，唱着，她忽然觉得自己怎么就像红牡丹呢！看到合唱团里姐妹们穿着优雅得体的服饰，看着一个个盈盈的笑脸，林雪觉得她和她们正是一朵朵没有衰落的牡丹花啊！林雪爱生活，更爱自己的亲人和温馨的家！

在家里做饭时，林雪都会边做饭边哼着小曲，惬意的生活使林雪看上去比年轻的时候更精神，美好的心态使她变得年轻漂亮了。有谁能想到，几年前她为生活所累，竟骨瘦如柴呢！林雪有时对着镜子欣赏自己，心里默念着："老了，老了，怎么变得好看了呢？"

每天晚上吃完饭，林雪都要去楼下跳跳广场舞，跟院里的老太太们成了朋友，不跳舞的时候就一起逛逛早市，买买菜。每次邵大光看着林雪穿着楚楚给买的时尚衣裳，悠闲自在地做着自己喜欢做的事情，他的脸上都洋溢着幸福的神采。

林雪总是想，虽然自己受了大半辈子的苦，可晚年的幸福生活才是最值得骄傲珍惜的。丈夫对自己的疼爱，女儿对自己的孝顺，使她感到很幸福。

李森涵和王莎莎相继从教育界退休了。他们的儿子大鹏留在了伦敦工作，现在已经娶妻生子，定居在英国。虽然以前他曾几次请父母去他们那里，但由于路程太远，王莎莎的心脏不是很好，一直没有去成伦敦。这次让他们抱上了大孙子，已经让老两口儿心情雀跃笑口常开。最近，大鹏又来电话，请求父母尽快去他们那儿，帮助照看孩子和料理家务。李森涵想到，自己年轻时，由于工作忙，一度也是由父母带着儿子的。今天，大鹏的处境他也非常理解。看孙子帮儿子，这是上了年纪老人的责任。李森涵夫妻俩觉得再也没有理由推辞了。机票已经买好，他们后天就要动身。王莎莎准备临行前和林雪见上一面。

枫林饺子馆里，王莎莎和林雪坐在靠后的一张餐桌边，两个人要了两盘饺子和一碗海鲜汤。她们边吃边谈。林雪用羡慕的口吻说："你们俩现在升级了，当上爷爷奶奶了，又要去国外享天伦之乐，太好了。"

王莎莎微微一笑，眸子里闪露着真诚说："林雪，我一直很感谢你。"

林雪惊愕地眨眨眼睛，"你帮我那么多忙，怎么今天来感谢我了？"

王莎莎冲着林雪用右手指比画两下说："不明白了吧？"

林雪问："什么事呀？"

王莎莎笑着说："本来我们俩的婚姻曾一度亮起了红灯，我那时真有点儿破罐破摔了，心想我也有工资，谁怕谁呀？那次你来我家，笑话中流露出夫妻情的珍贵哲理。当时你的话对我们俩的启发很大，受到了心灵上的触动。你走了以后，李森涵果真主动回到我的卧室里住了，我也不再当怨妇了，对往事只字不提，还经常主动关心他，他也能坐下来和我一起看电视、唠唠嗑了。看到他真心地回归到了家庭，我一颗悬着的心也落了下来。"

林雪说："噢，是这事呀，看来我的作用还真不小呢！"

王莎莎俏皮地笑着，"那当然，别看你长得小，人小力量大。"

两个人嘻嘻哈哈地笑了一阵。王莎莎还告诉林雪："那个田静茹后来嫁给了一个大学老师，李森涵能不死心吗！"

林雪说："她即使不嫁人，李森涵也不能丢下你，你们是患难夫妻，只不过他当时是鬼迷心窍了。"

王莎莎点点头说："也许是吧！"

眼见着桌上的饺子渐渐吃完了，两人也早就吃饱了，话却怎么说也说不够。天下没有不散的筵席，眼瞅着饭店里就剩下她们俩人，也到了不得不分别的时刻了。

"走的时候我去送你们。"万般舍不得，林雪以一种欢快的口吻，最终还是说出了口。

"不用啦，李森涵的大外甥开车送我们。"王莎莎笑着答。

"那今天咱就到这儿呗，等你从英国回来可得给我带点儿国外的化妆品抹抹。"林雪还是嘻嘻哈哈的。

"好啊，咱这老脸也得跟着享享福。"王莎莎也跟着嘻嘻哈哈。

"莎莎，我们都要好好的……"林雪装不下去了，握着老姐妹的手，声音哽咽了。

"嗯……"王莎莎已经流下了泪，说不出多余的话。

林雪和王莎莎心里都清楚，这一别可能再无相聚之日了，往事一幕幕从眼前掠过——在乡下住一个集体户，在一个锅里吃饭，在一个炕上睡觉；白天一起在地里铲草，一起挎篮拾粪，一起刨茬子……

那时候真是同甘共苦，回城之后，虽然各自忙着事业忙着家庭，但是仍然不时见见面，互相分享快乐，分担痛苦。

王莎莎飞走了。林雪除了时不时会想念王莎莎，也会想："我的楚楚什么时候能让我也升级当上姥姥呢？"

林雪带着这个美好的梦想又度过了一个春夏秋冬。

2007年，腊月二十六的晚上，邵大光夫妻俩请田师傅和年轻的店员去饭店吃火锅。外面虽然已经是冰天雪地，银装素裹，可屋里的火锅冒着热气，暖洋洋的。鲜美的肉菜下锅烫熟，蘸着咸香的调料，品尝着火锅里的美味佳肴。几个人的身上在微微发汗。想到这一年来的甜酸苦辣即将过去，马上又迎来了2008年，大家都憧憬新的一年里生意会更上一层楼。

每个人的额头都被微汗铺盖得像涂上了一层保湿霜似的。大家都已经酒足饭饱了，在兴致勃勃地侃侃而谈。邵大光瞄了一眼手表，指针显示是晚上八点四十分了。邵大光无意地向窗外望去，一片漆黑，只有路灯的光映得雪花闪闪。室内外真的是两个截然不同的天地啊。快到晚上九点了，他们才依依不舍各自回家。

邵大光和林雪打的，往家赶路。下午来的时候还堵了一会儿车，现在终于畅通了。这么寒冷的夜晚，谁还出来走动，早就在家里暖暖和和地坐在沙发前看电视呢！想到再有几天就过年了，夫妻俩坐在车上盘算起了过年的计划，准备从腊月二十七开始，一起去早市购物。虽然楚楚放假和爱人去海南旅游不能回来，但他们老夫妻俩也要给自己过个热闹的春节。

邵大光给员工们从腊月二十七放假到来年的二月二。一来，辛苦一年了，让大家都好好放松放松。再一个是天寒地冻，又赶上一个大正月，谁家还装修啊，倒不如让大家好好休息一下。

道路有些滑，的士行进得不算太快。邵大光听着出租车播放的轻音乐，闭上眼睛尽情享受音乐带来的轻松愉快。前面的路面有些冰，车行的速度放慢了。林雪向窗外望去，看到前面有一个老妇，拉着一个褪色的小车，在低头慢慢向前走着。老妇另一只手拿着一个长长的铁锥，看到地上有废旧的大块纸，便用铁锥子扎起放到拉着的车里。看到前面的垃圾箱，老妇停下脚步把手伸向垃圾箱里，摸出一个可口可乐的空瓶子，随手又放进了小车里。

司机打开灯刚要按喇叭，被林雪制止了。林雪对司机小声说："司机师傅，不要按喇叭，咱们跟在老妇后面陪她走一程行吗？"

车速慢下来，跟在老妇的后面只有几米远。老妇身体瘦弱，衣衫褴褛，拉着小车，拿着铁锥低头缓慢地行走着。这个过年前夕寒冷的冬夜，看到这一幕，林雪脑子里闪出丹麦作家安徒生的童话《卖火柴的小女孩儿》。她又想到自己刚下岗那段时间的艰辛生活，不知不觉眼睛湿润了。她从包里抽出一百元钱，发出微颤的声音说："师傅，停一下车好吗？"

司机不解地看看林雪，他踩了一下刹车，车慢慢地停下来。林雪围好围巾，手拿着一百元钱，下车走到那个脸上无血色的老妇面前和气地说："大姐，你不冷吗？"

老妇摇摇头。

林雪把手中的一百元钱递到老妇拿铁锥子的手里说："快过年了，早点儿回家吧。"

邵大光感觉到车停了，林雪下车了，他慢慢地睁开眼睛，看到前面的林雪正在往那个老妇手里塞什么东西，他明白了，脸上露出微笑。

林雪回到出租车里，告诉司机："往左掉头吧。"

车开了，邵大光没问林雪。车里的音乐继续播放着邓丽君的《小城故事》，委婉动听的歌声让他再一次闭上眼睛，尽情陶醉在美妙绝伦的旋律中。

老妇把手里的一百元钱叠好，小心翼翼地放在内衣兜里，继续低头向前走着，自言自语："这下可有钱过年了。"她回过头来，望着远去的出租车，举起拿铁锥的手，向的士摆摆手。

除夕夜，邵大光和林雪正在包年夜饺子，楚楚和女婿从海南打来电话，向父母拜年。他们说，海南正是鲜花盛开的温暖季节，明年一定要带爸妈来海南度过一个北方从未有过的温暖春节。

林雪喜气洋洋地问："想不想妈妈包的饺子呀？"

电话那端的楚楚高声娇嗔地回答："太想了！"

林雪说："那你就快点儿让爸妈升级，我们太想当姥爷和姥姥啦。"

电话那端只听楚楚嘻嘻地笑着，女婿接过电话："妈、爸放心吧，明年你们来北京给我们看宝宝吧！"

邵大光一听是女婿的声音，抢过林雪的电话大声说："太好了，这次要是再去，你可一定陪我去一趟通县啊。听说那里也在开发建设，没准会有商机哪！"

"你这老财迷。"林雪说着捶了一下邵大光。

第十一章 痛失亲人 独撑重压

　　春天来了。正阳市的冰雪已经消融，风刮得很凶，有时甚至刮得人睁不开眼睛。早晨六点多钟，邵大光老两口儿走在通往早市的大道上。早市很大，菜、水果都很新鲜，还有各种风味的烙面饼。他们老两口儿去早市，一方面是买菜，另一方面又当晨练了。邵大光陪老伴儿去买菜，还有一个"不可告人的秘密"，那就是帮老伴儿拿菜当力工。

　　春风吹醉了路边的杨柳，它们尽情地起舞，沙沙的风声仿佛在给这些刚刚冒出绿叶而舞动的树枝伴奏。邵大光手拿着空布袋，低头走着，把黑色鸭舌帽压得很低。林雪眯缝着眼睛走在离邵大光约一米远的后面。忽然，她看到前面一根粗大的树枝，随风"咔嚓"一声折断，正好落向邵大光的头上。林雪快步跑向前，尽全身力气把邵大光推开。力量太大，邵大光失去重心，向前踉跄几步，沉沉地摔倒在地上。林雪双手紧紧把住邵大光的双脚。疯狂粗大的树枝发出震耳欲聋的响声，"咔嚓"一声，无情地向林雪的腰部砸去。巨大的响声在天地之间回旋。邵大光被突如其来的天灾震得眼睛发花，脑子浑浊。他从地上爬起来，看到粗壮的树枝正压在林雪身上，他疯了一样憋足力气将树枝从林雪的身上移开。只见林雪的腰部、腿部、胸部已被鲜血染红了。邵大光双手抱起林雪的身子，让她倒在自己的怀里。他哭得泪水哗哗流，流到了林雪的脸上、身上。林雪半睁眼睛，露出一丝笑容。她想安慰丈夫，可已经说不出话，林雪无力地闭上眼睛再也睁不开了。

邵大光歇斯底里地呼喊："林雪、林雪，你坚持住，我叫120！"

邵大光从兜里掏出手机，拨通了急救中心的电话。邵大光紧紧抱着林雪，把面颊贴到林雪的脸上，泪水顿作倾盆雨……

120来了，迅速将林雪拉走。邵大光坐在林雪的身旁，他紧紧握住林雪的手，放开喉咙喊着："林雪！林雪！"惊心动魄的呼喊，在天和地间回荡着……

林雪走了，这给邵大光精神上一个致命的打击，特别是老伴儿为救自己才身遭横祸。林雪临走时，还给他一个安慰的笑。他内疚，他感动。回忆起几十年来，他们的朝夕相处，他觉得林雪对他的恩情真是比天高比海深。楚楚和爱人也回来了。失去母亲的痛苦，令楚楚每天以泪洗面。楚楚真后悔，责备自己为什么不早些把父母接到她那里去。爷儿俩对着挂在墙上的林雪照片，常常泣不成声。怕对方哭坏了身子，爷儿俩经常抱在一起，互相安慰着。

半个月过去了，虽然楚楚请的假期已到，但她还是不肯回北京。她让爱人先回北京，到她的单位再给请一周假。楚楚要再陪陪还没有从悲痛中解脱出来的父亲。最后一周，楚楚知道自己任务的重大，要强忍失去慈母的悲哀，去帮助父亲从悲情的困境中走出来。楚楚劝父亲和她一起去北京，谈及那里有很多名胜古迹，去走走，去看看，会改变心态的。

可邵大光听不进去，他说："你妈在这里，我怎能丢下她呢？正阳这个地方也是我的归宿，我不能扔下你妈一个人。"

邵大光知道，女儿是为了让他能够走出低谷才这样说的。想到女儿自己也是在悲痛中，却要想办法安慰他，邵大光觉得有些内疚了。作为一个父亲，在关键的时刻却不如女儿坚强，只顾自己陷入情感的悲痛中。邵大光觉得再不能让楚楚为自己操心了。晚上，邵大光做了几个菜，和楚楚一起吃晚饭。

饭桌上，邵大光深有感触地说："楚楚呀，你明天去买机票回北京吧，人死不能复生，咱们还得活呀！而且还要好好地活，这样你妈在九泉之下才会安心。请了那么多天的假，总让人家代课不是那回事，别再耽误工作了。至于我，你就不用操心了，我会调整心态的。另外，从明天开始，我要去商店上班了。天气渐渐地暖和了，装修季节到了。田师傅年前就告诉我，他有个哥们儿等到天气暖和就要开始装修房子，要从咱们店进水泥和沙子，还有一些装修材料。前些日子就把这个事定下来了，因咱家出了事，给耽误了。若再不去和人家谈，恐怕这桩生意就要黄了。明天我就去店里，你坐飞机回北京吧。"

楚楚看爸爸现在的状态有所好转，她放心地点点头，答应明天就买机票回北京上班。

楚楚临走时，再三嘱咐邵大光一定要注意身体，注意饮食，她希望下次回来能看到爸爸像一个帅气的精神小伙儿。一番话说得邵大光笑了，笑得那么自然从容。

如今的商业一条街，餐饮、建材、超市及各种服务门市比比皆是，来往顾客川流不息。然而由于各小区的设施基本完善，所以来买沙子和水泥的顾客渐渐稀少。特别是冬季，别的建材商店在照常营业，而大光建材商店却要闭店。到了三月份，即使开业，前来买沙子、水泥的客户也是寥寥无几。邵大光的心里开始发慌，他知道，如果建材商店倒闭了，他将又要重归下岗人员的行列。当时年轻下岗还有体力和精力，还能干。现在老了，能干什么呢？他心里暗暗思忖，是不是经营有薄弱的地方呢？虽然他表面不动声色，显得很淡定，但心里却是着急得很。一向睡眠好的邵大光竟失眠了。他没有食欲，一个人坐在家里的沙发上发愣发呆，他更加思念林雪，如果老伴儿还活着，肯定会和自己一起面对困难，会有办法的。孤独和寂寞再一次冲击着他的灵魂。邵大光眼窝湿了。

有一天，邵大光借故商店的灯坏了，去附近的一家商店去买。他看到这家商店不但经营沙子、水泥、瓷砖、电暖器等，而且有很大的比重经营一些日常需要的各种电料、灯具，各式各样的水暖零件，甚至还有棚线、工业胶带等，顾客来往不断。来的顾客多是买水暖弯头、阀门、灯泡、螺丝帽、螺丝钉、螺丝刀和胶带等，虽然都是小件，但人家如果需要沙子和水泥，自然也就捎带着买了。

这天晚上，邵大光一夜未眠，他在想："看来生意要做好，不能等。要抓住机遇，才能不断发展。过去几年，住户需要房屋全面装修，需要的是水泥、沙子、瓷砖、暖气片等，当然是装修的需求主体。现在大面积装修已经结束，住家过日子的基本需求还存在。如果还只是专营过去的商品，将会失去很大的商机，甚至会被同行挤垮。"

邵大光觉得，当务之急应该扩大经营项目，不能忽略小件，这些小件都是日常用品，家家户户随时都用得上。小件商品可以带动大件商品销售。邵大光想着想着，天快放亮才迷糊睡去。

经过一番思考，邵大光约好田师傅去商店。第二天，他早早来到建材商店，琢磨怎样重新布局。一会儿，田师傅来了，看到邵大光反常地早来，精明的田师傅想到老板一定会有事情布置。含笑问道："老板有什么事情吗？"

邵大光把自己的想法毫无保留地全说出来。听完老板的规划打算后，田师傅用赞许的目光看着老板，连连点头。实际上，这些年田师傅心里一直酝酿着这个想法，只不过觉得时机还不太成熟，不好开口。今天老板已经意识到这个问题，他觉得应该趁热打铁："邵老板，你的想法真的是太好了，如果我们全面经营建材商品，我那些电工、水暖工、木工师傅都能帮咱们揽生意。你想啊，红花还得绿叶扶，有了大家的支持，进的货再保证质量，价格合理，我想，虽然现在不是装修最佳时机，但日子要过的。这些小件随时随地会有人来买的。如果需要沙子和水泥，也就不会舍近求远，到别的商店去买了。"

田师傅接着又说："沙子和水泥，我再和哥们儿打下招呼，他们照样会来买的。"

田师傅的真诚和忠心，令邵大光心生感动，他心里在暗暗说："兄弟，这几年真是辛苦你了。"

邵大光认为田师傅不仅是他的员工，也是他值得信赖的朋友，他把田师傅当成自己的兄弟。

邵大光和田师傅又去市里的装潢市场考察，最后决定要进什么商品。回到店内，利用晚间，邵大光、田师傅和店员三人布置格局。第二天，又找来木匠，给打了几个架子，准备在上面放商品。他们的原则是：商品要多样化，质量要好，价格要合理，服务要热情周到。

在田师傅的建议下，商店门市橱窗的大玻璃上写出经营项目，让过路的人一目了然。

销售项目和品种增加了，田师傅又懂得商品的原理和用途，总是耐心地向顾客介绍，还答应帮助顾客找德技兼备的装修人员上门服务，保证售后服务，得到了顾客们的信任。

大光建材商店的生意开始向好的方向发展，商店可以做到即使淡季也会迎四面八方客。看到商店的复苏，邵大光暗自感激田师傅这个好帮手。

工作的压力和繁忙的业务，使邵大光自然而然地把悲痛的心态慢慢调整好。可每当回家闲暇时，他心中会隐隐作痛，觉得林雪死得惨，但也很壮烈。回忆起他们夫妻俩的点点滴滴，觉得林雪就是天上掉下来的大恩人，没有让她安度晚年成为他永久的遗憾。有时邵大光没有心情做饭，晚上商店关门后，他便和田师傅及店员去饭店吃饭，热腾腾的饭菜和真诚亲和的笑脸，让邵大光感到他们就是一家人。

第十二章　天涯海角情未了

天气渐渐热起来，夏季到了。楚楚又来电话了。这次的电话与往次不同，不止是问寒问暖、嘱咐注意身体的话，更主要的是让父亲到她那儿去住几日。等父亲休息好了，要带他一起到澳大利亚旅游。楚楚快放暑假了，利用假期出国领略一下异国他乡的风貌是难得的美事，但邵大光还有些担忧："去澳大利亚悉尼，我做梦都没想到。可到了那里，人生地不熟的怎么办？"

电话那端的楚楚笑了："爸，咱们是随着旅游团去的。"

邵大光又问："咱们不会说外语能行吗？"

楚楚告诉他："旅游团的工作人员会带我们去悉尼各地游览，他们都会说英语。再说我本身就是一名英语老师。爸，到了悉尼咱俩在一起，你不要担心啦。"

邵大光拿着话筒笑了，笑得像一个年轻的小伙子。

放下电话，邵大光心情很愉悦。想到前一次申办奥运会，悉尼硬是以两票之差，抢在了中国的前头。邵大光清晰地想起2000年的悉尼奥运会，悉尼这座城市在邵大光心中一直是个谜，它到底是个什么样子呢？邵大光脑子里悬着一个大大的问号。他转脸看到墙上挂着林雪的照片，喃喃自语："老伴儿呀，你怎么说走就走了呢！不然咱俩一起出趟国多时髦啊！"

2008年8月中下旬，正是北京举办奥运会期间，北京城像过年一样热闹非凡。街上走着各种肤色的人们，五星红旗在高楼大厦顶部随风飘扬。体育健儿获得一块又一块金牌的喜讯，让国人脸上洋溢着开心的笑容。大屏幕上的领奖仪式阵阵传来。中国国歌的旋律，使北京城和全中国都沉浸在一种振奋喜庆的氛围中。8月16日，邵大光和楚楚坐上飞机，向澳大利亚悉尼飞去。飞机上的邵大光闭上眼睛，他在想："再有九个小时就到悉尼了，我要看看在奥运会期间，那里又是一个什么样的状态呢？"

大约九个小时后，飞机终于降落在悉尼机场。听说南半球悉尼这里正是冬季，可邵大光一看，这里的冬季竟然是这样的温暖，相当于正阳市五月末的气候。

刚刚踏上这片国土，清新空气滋润着人们的心肺。路边各种树木一排排，茂绿的叶子个个都如同抹上了一层亮油，明亮无比。树上的花朵随风舞动，鲜艳夺目。地上绿油油的小草，生机盎然。配上街道两旁各种不同风格的别墅，一道自然宁静的美景映入人们的眼帘。邵大光纳闷，路上看不到一个交通警察，怎么回事呢？噢，这里过十字路口的行人，自己去按交通红绿灯按钮。绿灯行、红灯停是很自然的事情，大家都在自觉地按交通规则行事。最让邵大光称奇的是，街道有交通斑马线的地方，当行人踏上斑马线时，左右两侧的车辆都会自觉地停下来，让人们先走过去。一切井然有序。

对于邵大光这个刚刚入境的外籍人，此景让他目瞪口呆，吃惊不已。楚楚看到爸爸有些发呆，笑着提示："爸爸看什么都稀奇，只能放在心中，不要挂在脸上，惊讶的心情人人有，千万别张着嘴巴干瞪眼，咱们要注意形象。"

邵大光笑了，他收起惊愕的面容，脸上平静下来。

由于坐飞机很劳累，导游把他们带到预订的酒店后，便安排大家抓紧时间休息，恢复体力，养好精神，准备明天带大家去悉尼歌剧院附近的悉尼海港。午后，大家都按着导游的要求，在各自的房间里睡上一觉。实际上，导游如果不安排休息，大家确实也没有体能游逛了。

午后四点钟，邵大光睡醒了。他听到外面有人走动的声音，打开房门一看，正是楚楚站在门外，他问："楚楚，你没睡吗？"

楚楚理顺一下过肩的长发笑笑，"早就睡醒了，爸，你睡好了吗？"

邵大光点点头说："刚睡醒，在屋里待着挺浪费时间，咱们到外面走走。"

楚楚说："我刚才问过导游了，说往前走二百米就是'Coles（叩司）'超市，要去的话，最好两个人结伴去。原路去，原路回。"

邵大光喜出望外说："那快走吧。"

爷儿俩按着导游告诉的路线往前走，刚出门看见酒店隔壁有一座小二楼正在拆除。楚楚拉着爸爸警惕地离远一点儿，生怕拆墙时灰土会扑向他们。然而，只见拆墙，却不见灰尘。什么原因呢？楚楚和邵大光带着疑惑的心情去观察。他们看到工人们把胶管插在水龙头上，拿着胶管把水浇向墙体，使它湿透。然后，紧跟着就会有人把湿透的墙谨慎地一砖一瓦拆除。工人们的流水作业，有条不紊。轻风绿叶，蓝天白云，依然那么美好，那么清透。

楚楚很有感触地对身旁的爸爸说："你看人家多注意空气质量、注意环保啊！"

邵大光轻轻地笑着点点头，心想："我也觉得惊奇，但我在心里惊奇，绝不流露在表面上，注意形象呀！"

也就是几分钟的时间，他们来到了coles超市。超市很大，有些中国国内的食品，这里也可以买到。在异国他乡，能看到祖国生产的食品觉得很亲切。楚楚买了瓶哥伦比亚咖啡，准备游玩前喝点儿，好提提神。邵大光只看不买。超市收款台外面有几个木制的休闲椅，楚楚怕爸爸累，便让爸爸坐下，她挨着爸爸也坐下休息。

初来国外，自然觉得什么都很新鲜。看到洋人走路很快，买东西也快，买完不停留，拿着东西急速向前走。楚楚感到洋人的生活节奏很快，她情不自禁地用手摆弄刚刚买来的哥伦比亚咖啡。

这时，一对八十多岁的澳大利亚老夫妻客气和蔼地走到楚楚和邵大光面前。他们手举着从唐人街领回的彩图，上面有个繁体汉字"樂"印在正中间，而且还把"樂"字拿倒了。他们老夫妇俩用英语问，这个字怎么读。楚楚笑呵呵地接过带有"樂"字的彩图，把它正过来，指着"樂"字，用英语告诉他们，这个字读"lè"。老夫妇接过正过来的"樂"字彩图，笑着指着"樂"字反复读"lè"。接着，楚楚又告诉他们，这个"樂"字，还有第二个发音，读"yuè"。老夫妇刚要迈步走开，又反过身来问楚楚英文是什么意思，楚楚说："happy or glad（快乐或高兴的意思），music（音乐的意思）。"

这两位老人高兴地向楚楚摆手，用英语致谢："Thank you very much.（非常感谢。）"

望着这对可爱的外国老人，楚楚对身旁的邵大光说："爸爸，中国的文化现在已经深入到外国人民的心中了。"

邵大光说："中国的强大，得到了世界人民的关注。连老年人都对中国的文化感兴趣了。"

楚楚看看手表，已是五点二十分了，便和父亲商量回去，父女俩离开超市返回酒店。

第二天上午，导游带旅游团去了悉尼海湾。悉尼海湾被悉尼歌剧院、悉尼大桥，还有直冲云霄的高大建筑物所围绕。悉尼歌剧院像一个个开启的白色的贝壳立在远处，别具一格。悉尼大桥的壮观给这所现代化的城市带来了无穷的魅力。

邵大光走在世界顶级的风景区，心里不免掺杂着一丝伤感。他想如果老伴儿还活着，看看这世界顶级的风景该多好啊。如果不是老伴儿舍命救他，那今天在这里的就不是他了。

"老伴儿啊，老伴儿啊，你怎么那么傻呢！"想着想着，他眼里闪动着泪花。

为了不让楚楚看见他情绪的波动，邵大光故意放慢了脚步，和楚楚拉开了距离。楚楚一看爸爸不在身边，就转回头寻找爸爸，看见邵大光眼圈红了，便走到邵大光的面前问："爸爸，你怎么哭了？"

邵大光苦笑着抹了一下眼睛说："这么美的景色，谁若哭那可真是天大的精神病。刚才一阵风吹来，我觉得眼睛痒痒，揉了一会儿就好了。"说着，他故意用手又揉揉眼睛，眼睛更红了。

楚楚说："不要在外面揉眼睛，手脏会把细菌带进你的眼睛里。"说话间，楚楚从兜里拿出一小包纸巾放在爸爸的手里，说："如果眼睛再难受，你就抽出一张纸，轻轻压一会儿眼皮，会缓解些。"

邵大光苦笑着应允："哎，哎。"

游览时间安排得很紧。上午游览悉尼海湾，大家虽然觉得有些劳累，但新鲜感让他们坚持继续行进。午后，他们来到了Bondi Beach（邦戴海滩）。邦戴海滩大而辽阔，一望无际的大海，仿佛和天边连在一起。

导游向大家介绍说："邦戴海滩是悉尼最大的海滩。这里的海岸线视野开阔，仿佛有来到天边的感觉。当地流传这样一句话：'如果不来邦戴海滩，那你就等于白来一趟悉尼。'"

导游的话刚落，人们一片哗然。很多人从包里拿出望远镜，观察这宽广辽阔的海洋。碧蓝的海水有如水晶清盈透澈。时而，海浪撞击出一道十几米的水墙，高高扬起，瞬间哗的一声落下，厚厚的洁白浪花朵朵流向岸边。这里，你可以感受到惊涛骇浪的刺激，也可真正地体会到水蜿蜒流淌的清秀。空气清新凉爽，整个邦戴海滩就是一个大氧吧，令人心情更加舒畅。远处的海面上，一个个游艇时起时伏，冲向天际。

海滩上躺着穿泳装享受阳光沐浴的男男女女。有的人在海滩上跑步，身后留下深深的脚印。阳光、空气、海滩真是别有一番享受之感。孩子们在海滩上玩耍追逐，嘻嘻哈哈，无忧无虑。一股生动前进的力量在无际的大海前，在碧蓝的天空下闪动行进。

楚楚被美好的自然风光所吸引，她欢悦地伸出两臂向上高举，抒发出内心的感受："哇！美好的大自然，啊，你赋予人类生命和快乐。"

邵大光看看身旁的女儿像个小女孩儿似的，他抿着嘴嘿嘿地笑出声来。

几天的悉尼之行，令邵大光内心涌满新鲜之感。新鲜的空气，使他感到郁闷的心情在逐渐向外释放着。看到父亲的心情变得好起来，楚楚觉得这次带父亲出国旅游，真是不虚此行。不但父亲的心态发生了变化，就连自己也变得开朗了许多。她想："放寒假时，还要带父亲旅游。"

旅游临近尾声。导游留出两个下午让大家自己利用。第二天，邵大光和楚楚爷儿俩准备去Woolworths（沃尔沃斯）超市的二楼图书馆去看那里的书籍，并看看《澳洲新报（中文版）》上面刊登中国体育健儿的奥运比赛成绩。他们走进超市的二楼，看到休闲椅子上坐着许多澳洲顾客，他们在大屏幕下正聚精会神地观看奥运会赛场情况。澳洲人看的节目最多的是游泳比赛项目。随着赛事的进展，澳洲人的面部表情不时发生变化，时而鼓掌喝彩，时而抬头静默观看。邵大光想："看来世界人民都在关注奥运会。"

他和楚楚来到图书馆，图书馆里摆放的大多是英文书籍。邵大光在想："这是放洋文书籍的图书馆，难道真的就没有中文的书吗？"他默默地四处寻找。忽然，他眼前一亮，前面的一个醒目的架子上放了很多的中文书籍。架子最顶端的框上有个大字，上面写着"China（中国）"，这些书有理论性的，有古今小说、中国歌曲、名人介绍等，大约有几百本。邵大光心里发出感慨："中国真了不起。"

他抬起头，看见楚楚在报刊栏上翻阅报纸，他向楚楚的方向走去。邵大光也想要看看奥运会期间各国运动健儿的成绩，特别是中国体育健儿的奖牌数。当看到中国已获得三十一块金牌，名列第一时，爷儿俩手拿报纸对视无语，脸上露出灿烂的笑容，眼里闪动着泪花。这时，坐在他们对面正在看报纸的一名澳洲小伙子，放下手中的报纸，从座位上站起来，走到邵大光和楚楚面前，伸出大拇指，激动地说："China, very good.（中国，太棒了。）"

邵大光和楚楚笑着向这位三十多岁的帅气小伙子点点头，表示谢意。那一刻，他们深感骄傲和自豪。在回酒店的路上，邵大光和楚楚脸上都洋溢着自豪、幸福的神采。他们觉得腰杆直直的，感到中国人才是最顶天立地的。以前，经常听到祖国母亲这一词。今天，在异国他乡爷儿俩真的从心底里感悟到"祖国，母亲"这一伟大的含义。

回到酒店，邵大光躺在床上，激荡的心久久不能平息。这次的国外旅游，不仅驱散了他往日的悲情，而且使他感到祖国的强大。祖国越来越富强，在世界人民心中有着重要的位置。他的嘴角翘起来，露出按捺不住的笑容。

再有一天就要启程回国了。邵大光觉得后背有些疼，他知道这是在海边沐浴时受风引起的。这是他下乡时落下的老毛病。在家时，遇到这种情况，拔拔火罐就会好转的。为了十个小时飞行旅程少遭点儿罪，他问楚楚："这儿有中医诊所吗？"

楚楚问："爸，您的膀子又受风了？"

邵大光点点头。

楚楚告诉他："咱们住的这趟街是商业一条街，昨天我看到这儿还真有一个中医针灸按摩所，里面洋人患者也不少。"

楚楚拉着父亲的手说："我陪你一起去。顺便再去超市买些回国的东西。"

不一会儿，爷儿俩来到了中医针灸按摩所。透过宽大的玻璃窗，看到里面有按摩脚的、肩的、背的。患者坐在高大的黑色皮椅子上，医生坐在对面，按照穴位在用心地按摩。邵大光和楚楚走到门前，门自动打开。父女俩刚进诊所，一个中国女护士盈盈的笑脸凝视着他们。亲切地用英文问候："Hello!（你好！）"

邵大光用中文说:"我想拔罐子,可以吗?"

中国女孩儿微笑着用中文回答:"我们这儿是针灸按摩所。"

邵大光说:"我的膀子受风寒了,你们这儿能治吗?"

话音刚落,从里屋走出一名中年女性,她身材苗条,黑色的头发盘在后面,细长的眼睛射出机敏友善的目光,细腻的皮肤微微地泛着象牙黄的光泽。邵大光看出,这个人骨子里蕴含着中国中年女子特有的沉稳和淡定。邵大光又觉得眼前的这个中年女子有些面熟,这个念头只是从脑子里一闪而过,没有过多往下追忆,他不相信在这儿能遇见什么熟人。

这时,刚才的护士走到中年女子面前说:"田所长,他要拔火罐。"

楚楚插嘴说:"我爸爸的肩受凉了,想理疗一下。"

田所长笑了。楚楚看到这个中国女子笑出来竟是那样的迷人,整齐洁白的牙齿,嘴形两侧不尖,弯曲得很美。

田所长温和地说:"我们这儿有理疗器,火罐倒是有,只是偶尔有华人过来做一下。"说完她的眼睛瞄了一下邵大光说:"您里面请吧。"

邵大光微笑回答:"马上。"说完他回头对楚楚说:"你先去超市吧。"

楚楚叮嘱爸爸:"千万别走开,理疗完了就在这儿等我。"邵大光点点头。

田所长推开里屋的门,邵大光看得惊呆了。室内的面积很大,是用很厚重的布隔了四个屋子。里面有医院用的床,理疗时躺在那儿是隔断的,互不干扰。屋里有两个针灸医生,正在给患者针灸。

田所长看看布局，然后用商量的口吻问邵大光："一会儿可能还要来患者，你就到隔壁去拔罐吧。火罐也在那里。"

邵大光点点头，便和田所长去了隔壁另一个屋子。这个屋子里有两个木制的柜子，柜子前有一个写字台和一把椅子。写字台上插着一面小的鲜红的中国国旗，桌上摆放着几本医学书和一个小台历，窗台上是几盆枝茂叶盛的鲜花。靠近门处有一个诊所式的医用床。

田所长对邵大光说："你把鞋脱下，趴在床上。"

邵大光顺从。他看见田所长从柜子下面的隔子里拿出几个玻璃罐和一个酒精灯，还有瓶装棉花球，把它们放在桌上。邵大光心中暗喜："在国外，还真的能拔上火罐了！"

田所长坐在写字台前，从抽屉里拿出纸和笔，低头问："你叫什么名字？"

"邵大光。"

田所长抬头打量一会儿这位患者，心想："果真是他。"

她的这一举动让邵大光看在眼里，他在想："难道是她？"

田所长低下头接着问："年龄？"

"六十二。"

只见田所长两个眸子里闪动泪花，她轻盈地走到邵大光面前，用发颤的声音含情地问："我是田秀，难道你真的不认识我了吗？"

邵大光腾地坐起来，他把外衣披在光溜的脊背上，激动地握着田秀的手说："这不是在做梦吧？你真的是田秀？"

田秀擦擦要流下来的眼泪说："没想到吧，你来拔火罐，天上竟掉下来个田妹妹。"她的幽默让邵大光开心地笑了。田秀纤细的手被邵大光有力的大手握得有点儿痛了，她觉得身体里的血液在激荡着。门外时时传来人们脚步的声音，田秀微红的面颊有些发热，她慢慢抽出双手，轻柔的声音有些颤抖。

田秀说："先拔火罐吧。"

邵大光把披在身上的衣服放在床边，重新趴下。田秀给邵大光在背上相继拔了六个火罐，然后用医用蓝布单给他盖在身上。

田秀用手理了理落在前额的头发，平稳一下激动的情绪走到写字台前，按了桌上的一个电钮，进来一名护士，田秀说："和这位先生一起进来的那位女孩儿如果回来了，把她带到我的办公室。"护士点点头，离开了。

田秀坐在椅子上问："拔得行吗？"

邵大光侧脸看看田秀说："挺好的，当年你给我包过手，没想到四十年后，在异国他乡你又给我拔上火罐了。"

田秀很有感触地说："当年我们恰是风华正茂，可今天我们再相见，如果不说话，也许成为了陌生人。"

邵大光觉得田秀说的太有道理了，他默默地听着。

田秀又说："今天的重逢，我们都老了。"

邵大光真诚地说："你不老。只不过你比当年更有气质了，你现在基本上是一个被洋化了的东方女性。所以，今天面对这么一个有地位、有医术的诊所领导，我怎能和当年那个农村小姑娘联系起来呢？"田秀闭嘴含笑。

邵大光问："你的孩子也都在悉尼吧？"

田秀扑哧一声笑出声来问："难道我的形体真的像一个生过孩子的妇女吗？"

邵大光抬起头来打量了一下田秀。他这才看清田秀的面容依然是那么清秀，身体依然苗丽，没有一点儿发福的迹象。他惊愕地问："那你？"

田秀嘴角翘翘着，俏皮地眯起双眼，眼神让邵大光仿佛飘飞到青年时代，看到四十年前那个纯情的乡下妹子。她告诉他："我一直单身。不但没结过婚，而且也没有正式地谈过恋爱。照农村的说法，是臭到家里了。"邵大光笑得床单下面的火罐都在颤动。田秀提醒他："别乱动，小心火罐松动。"接着又好奇地问："你笑什么？"

邵大光勉强忍住笑回答："我看你太逗了，在这洋化的世界里，你竟能把东北的土话搬上来，我怎么有点儿不适应了呢？"田秀也笑起来。她起身走到邵大光面前，隔着蓝单子摸摸火罐的温度，又重新回到桌前，坐在椅子上。

邵大光问："田秀，你是怎样上大学的？"说实话，邵大光这句问话，自己都知道那是明知故问，他早已心知肚明。因为石峰以前已经跟他说过此事，他今天再问起上大学的事，也是为了更进一步证实一下。

田秀理理前额的头发，有些伤感地说："那年你抽走后不长时间，咱们卫生所的医生调回正阳市了。接着是公社给卫生所派来一名医生，是刚从医大毕业的学生。我想当赤脚医生是不可能的了。当时我的情绪很低落，家里看我的年龄不小了，就张罗给我介绍对象，有城里的工人，有农村的农民，还有部队的解放军。说实在的，那时我也真想赶快把自己嫁出去得了。可是，见一个我不中意一个，看谁都没有心思。"

田秀说到这儿，看了邵大光一眼，脸上略微露出笑意说："邵大光，我说这话你别介意啊。那时候，我总是拿这些男的和你比，我真希望有一个能比得上你的，可却没有一个能比得上你的。"

听到这儿，邵大光爽朗地笑了："谁都比我强，你那时是眼睛走了神。"

田秀笑着说："也许是吧。"

邵大光好奇地问："你上大学时，就真的没有碰上你喜欢的人吗？"

田秀立刻说："上大学那会儿，刚开始学得很吃力。因为我只有初二水平，连化学课都跟不上。虽然刚入学时，老师给我们复习高中的文化课，但进度太快，我哪里跟得上呀！幸好我的同桌是从沈阳推荐来的，他是老高中生。我常常向他请教化学、英语等科目。可以说，那时他就是我的辅导老师。为了帮助我补上高中时的有关文化课，他放弃了节假日回家休息的机会，辅导我文化课达两年之久。因为我假日也不能回家，为了答谢他，我就让我妈每周日给我们送饺子和黏豆包什么的。日久生情，渐渐地我们之间有了好感，我的成绩也上来了。可有一天，他向我说，他喜欢我，让我假期和他一起去沈阳。不知怎么的，我又觉得他不适合我。一是他个子和我一样高，二是我对他只是感激，在一起时不来'电'。"说到这儿，田秀笑了，有点儿像个孩子，"后来，人家觉得不好意思，主动和别人换了座位，让我失去了机会。以后虽然又忙于学习和工作，也相过亲，但都没有成功。都说大姑娘性格怪，你觉得我怪吗？"

邵大光嘿嘿地笑出声说："怪什么呀！多么出色的女人哪。"

田秀也开心地笑了，她补充说："再后来，年岁逐渐大了，机遇少了，我再也不考虑这事了，只是钻研业务。"接着田秀问："林雪怎么没和你们一起来呢？"

这句话真的是捅到邵大光的痛处了。邵大光停顿了一下，脸上的笑意转为忧伤。他告诉田秀，林雪为了救他，已经遇难，早已离他而去了。邵大光还告诉田秀，林雪虽然和他吃了很多苦，但仍然是那么乐观面对。邵大光觉得很内疚。

田秀深思了一会儿说："林雪这个人真是太好了，可惜她不应该走得那么早。多好的一家人哪！"田秀抬手看看手表，起火罐的时间已经到了。她走到邵大光身边，掀开蓝布，开始起罐子。罐子起下来了，顿时，邵大光的后背留有几个大圆的紫印记。田秀用罐子在紫印记上面滚了几下后，让邵大光把衣服穿上。邵大光起来，把衣服穿好，提上鞋子，和田秀面对面坐着，两个人对视不语，忽然又一起笑出声来。

这时门"吱"的一声开了，护士把楚楚领进屋里，转身出去。田秀问楚楚："你们什么时候回国呀？"

楚楚把装满东西的双肩背兜拿下，放到小桌上，笑着答："明天上午就要去机场了，中午的班机。"

田秀发出邀请："今天晚上五点，我开车去酒店接你们，唐人街那儿有个Market（大商场），里面有个中国饭店，咱们去那儿，我来给你们饯行。"

楚楚看看爸爸，邵大光知道这个邀请是真诚的，不能推辞。于是笑呵呵地看着田秀幽默地说："不但免费拔罐，完了还请吃饭，这样的好事我必须参加。"邵大光爽快地答应了，让田秀很感动，双眸闪动欣喜的目光。

"楚楚，来，这是你田姨。"邵大光兴奋地向女儿介绍。

听说田秀是爸妈当年插队时的妇女队长，楚楚眼里闪动着喜悦和惊异的目光，她在想："生产队的妇女队长太洋气了。"

田秀亲近地拉着楚楚的手，两个人仿佛像老朋友一样紧紧相拥。

离开了诊所，邵大光告诉楚楚，他也要去趟超市。楚楚说："东西我都买好了，回去你带点儿就够了。"

邵大光说："我要买两瓶澳洲产的红酒，一瓶送给你田叔，他喜欢喝红酒。回去后，我要用另一瓶请工人师傅们吃一顿。这些人对咱们家的生意帮助太大了，带回去在宴会上好喝个痛快，让他们也尝尝洋酒的滋味。"

楚楚赞同地说："咱们俩一起去吧。"说完，爷儿俩向超市方向走去。

灿烂的晚霞映红了整个悉尼城。

晚上五点钟，田秀准时开着一辆银灰色的轿车停在酒店门口。楚楚和邵大光刚好也走到大门前。田秀打开车门，下了车，用秀美的鹅蛋脸给了他们爷儿俩一个甜甜的笑。田秀把车门打开，伸出右手做出一个"请"的手势。田秀先把邵大光迎进副驾驶座位上，楚楚向后门走去。待楚楚上了车，田秀伸手把车门关好，动作干净利索。

这天晚上，田秀换了一套铁灰色的套裙装，配上翻出来的白色领子，显得格外精干、聪颖、洒脱。邵大光万万没有想到，昔日忸怩的农家妹子，今日竟出落成一个学识渊博光彩照人的海外华人。车开了，田秀礼貌地给了邵大光一个甜甜的微笑，邵大光也回敬她一个笑容。

田秀很自然地打破了沉默，她把头稍偏向楚楚问："你来悉尼几次了？"

楚楚笑着答："这是头一次。"

田秀把身子正正，目视前方说："以后寒暑假可以经常来这里，悉尼有很多好玩的地方，几天的时间是玩不够的。如果再来，不要跟着旅游团走。事先告诉我一声，我给你们发个邀请函，办个签证就可以入境了。"

田秀转过脸斜视一下邵大光说："你没有寒暑假,可以随时来,我给你出机票和食宿费。退休了,多出来走动走动,呼吸一下新鲜空气。"

邵大光附和道："好,那好。"接着又补充说："我不是退休,是下岗。下岗后,我开办了一个建材商店。"

田秀眼里闪烁着敬佩的光芒,赞许地说:"哎呀,你当上老板了,祝贺你!"

和煦的轻风吹拂着路旁的幽香芳草,一路上,心爽气宁的鲜美空气迎面扑来。田秀把车开得很慢,有意让爷儿俩饱览外面的景色。邵大光和楚楚向窗外望去,丘陵地带的悉尼有的路面上下坡度甚至可达到七十多度。田秀娴熟的开车技术,着实令邵大光和楚楚钦佩。透过玻璃窗,望着远处的高坡,匠心独具的各种楼群和各式传统欧式别墅,在绿色海洋的围衬下,如同北京颐和园万寿山的美景再现。天然的自然风光和现代建筑混为一体,正是当代人追求的理想生存环境。虽然是半个时辰的路程,可一路上令人流连忘返的美景,使邵大光和楚楚觉得是一次开心的旅程。路边叫不出名称的各种树木,使他们眼花缭乱。给邵大光和楚楚印象最深的是,一棵橘树上面果实累累,却没有人动一下。有的植物开的花朵活像仙鹤的头一样,高傲地仰起,似乎目中无人。有人曾说,枯树开花那是妄想。可邵大光爷儿俩却实实在在地看到一棵树连一片叶子都没有,却结出一朵又一朵的红花。它们呈献给大地的是无尽的甜美和芳馨。田秀告诉他们,这种树木在Royal Botanic Gardens(皇家植物公园)就有好几棵。楚楚睁圆了一双大眼睛惊奇地说:"噢,澳大利亚的植物真是神奇无比。"

　　南来北往的汽车听不到鸣喇叭声，大客车的排气管在车的后上方，随着车的启动，废气在车的后上方向天空飘散。宁静是这座城市的最大特点。

　　不知不觉车开到了中国城（Chinatown）。还没到Market大商场，一个醒目的大牌子映入了邵大光和楚楚的眼帘："北京同仁堂"。田秀似乎看出了他们的心思，有意又把车速减慢。她向爷儿俩介绍说，药店的员工都是从中国"北京同仁堂"过来的。里面有中国的各种中草药和中成药，还有专门坐堂的老中医专家。田秀又说，她刚来的时候，还在这里工作了一段时间，后来老师在她现在工作的地方成立了诊所，便把她也带了过去。那个诊所是她老师开的，现在老师已经八十多岁了，身体又欠佳，就托付给她来打理日常业务。

　　田秀风趣地笑着说："实际上，我现在也是给人家打工。"

　　楚楚断言说："田姨，依你的医术和能力，是完全可以自己开一个诊所的。"

　　田秀苦笑着："我一个单身女人，吃饱了全家不饿。自己单独挑灶是有很多麻烦事的。这样也很好，虽然操点儿心，但总比一个人光杆司令强。"

　　楚楚没有想到，这么优秀的一位女人，身后也有身不由己的无奈。

　　又一个牌子吸引了邵大光和楚楚的目光，他们看到正冲着乔治大街（George street）有一个不太大的小楼，一楼正门挂着一个竖立的牌子："中国银行（Bank of China）"。田秀告诉他们，银行的面积不是很大，但经营的业务较全。这里是华人常来常往的地方。在银行可以存取人民币，可以用人民币兑换澳元、美元等，还可以向国内汇款。银行工作人员都是中国人。

不一会儿，三人来到约定的Market大商场里面的中国饭店。田秀拿出菜单让邵大光和楚楚点菜。邵大光要了盘烧茄子，楚楚点了个蛎蝗萝卜汤。田秀接过菜单看看爷儿俩一眼，神秘地笑着。她跟服务员点了三个清煮龙虾，一盘海参炒青葱和一大碗澳洲海虹，还有一盘东北大拉皮凉拌菜。田秀说："虽然这里是中国菜馆，但这里的食品及海鲜都是澳洲的，很新鲜，很好吃哦。"

　　第二天早晨，旅游团的人们带着在澳洲买来的特产，坐上大客车向飞机场进发。邵大光小心翼翼地把皮箱放在座位底下，害怕遭到碰撞。里面有他给田师傅和工人们买的红酒。想到回去后，这些朋友们就要喝上他从澳洲买回来的红酒，心里美滋滋的。

　　中午十一点，飞机起飞了。人们系好安全带，坐在自己的座位上。飞机直冲云霄，透过机窗，他们看到机翼下面的层层白云，有如洁白的棉絮在飘浮。

　　楚楚靠近爸爸，小声问："田秀姨约你再来悉尼，你还来吗？"

　　邵大光沉默一会儿说："不再来了。"

　　"为什么？"

　　邵大光的神色凝重了，他用手指指自己的心窝。

　　楚楚带着不解的眼神问："什么？爸，你心难受吗？"

　　邵大光摇摇头说："这里装的是你妈——林雪。我这心已经饱和了，再有什么也装不下去了。"

　　楚楚有些感动了，她撒娇地双手搂住爸爸的脖子说："爸爸，你真好。"

　　邵大光没有动，他目视前方默唱："中国，中国，鲜红的太阳永不落……"

飞机继续向前飞,机内有的旅客睡着了,而邵大光一直处于兴奋的状态。他在想,老了,老了,竟出了趟国。外面的世界真的是很精彩。他做梦也没想到,在远隔万水千山的澳洲,竟能和田秀相遇。田秀今天的变化是他意料之外的。自己从知青回城后,由于生活的艰辛和磨难,田秀似乎从他的脑海中消失了。而今天的重逢,使他的思绪情不自禁地飘飞到遥远的年轻时代。想到他去城里淘大粪,回来时一身臭气,当时,林雪却毫无感觉,拿起他换下的衣服,放在盆里去井边把衣服洗干净。想到林雪抽工临走前,两人抱在一起山盟海誓,令人情感奔涌的情景。邵大光一会儿又想到自己的手指戳坏了,田秀专注地给他包扎伤口,晚上又从家里拿来煮好的鸡蛋,让他吃鸡蛋补身体。田秀怕他晚上伤口痛,还撒谎说是医生让她来的,给他送止痛药。又想到两人在地里撒粪肥时,田秀眯了眼睛,两个人那么近距离地接触时,他似乎又觉得有些亏欠田秀。

"爸爸,爸爸。"楚楚的呼声使邵大光的思绪又转了回来,邵大光用不解的眼神看着女儿。楚楚指着座位前电视上显示飞机行程的标示图说:"你看,已经飞到印度尼西亚的上空了,再有一会儿,咱们就要飞到祖国的上空了。"邵大光笑了,笑得很灿烂。

田秀这次和邵大光在悉尼重逢,使她埋藏在心底里几十年的暗恋的情感又浮上来。几天来,田秀早晨醒来睁开眼睛想到的是邵大光,晚上临睡觉前闭上眼睛,邵大光的身影又重现在她的脑海里。田秀有时也恨自己,为什么这么没有志气,难道当年被围困的情感,真的就跳不出去了吗?理性和感性在互相交锋,她再次陷入感情的纠结中。

邵大光回到了祖国，又回到了他一手经营的建材商店。看到和他朝夕相处、共同打拼的铁哥们儿，一张张笑脸热情地迎着他。邵大光感到外面的世界虽然精彩，可那是人家的。祖国，这才是自己的家。家里有许许多多亲人。奥运会已经临近尾声，走在大街小巷，走进超市里，到处都有大屏幕在播放世界顶级比赛的精彩画面。五星红旗高高飘扬，国歌鼓舞着每一个中国人。人们为体育健儿鼓掌加油，为健儿们给国家增添光彩感到自豪骄傲。

奥运会闭幕的当天晚上，邵大光拿出从澳洲带回来的红酒，邀请与他一起打拼同甘共苦的工人师傅们共同举杯畅饮。当大家端起酒杯时，邵大光激情地侃侃而谈："各位兄弟们，我们建材商店在改革的浪潮中，能站稳脚跟，是大家共同努力的结果。为大光建材商店今后的生意越来越红火，为祖国体育健儿在奥运会取得第一名，我提议'干杯'！"

宴会上，全体在场人员热火朝天地吃着喝着，一派热闹非凡的景象。

田秀经过一番深思熟虑，情感终于占了上风。她暗暗思忖，自己在这里再好有什么用呢？单身一人在异国他乡，临终时的结局，是不是能成为第二个张爱玲呢？她此时想到了女作家张爱玲，虽然享有盛誉，但结果又怎样呢？！张爱玲也是只身一人来到美国，临终的时候，倒在美国租住的公寓里的地板上，七天之后才被人发现。田秀想到，自己在悉尼发展得还算可以，但在异国他乡，孤独、寂寞缠绕着她，难道这真的是幸福吗？她觉得应该重新审视自己的生活了，她有些彷徨。这次看到邵大光，给她的感觉是邵大光过得也并不开心。虽然他一直在笑，但从他眼睛深处，她看出邵大光有着伤感的难忍阵痛。蓦然，一种和当年一样怜爱邵大光的心绪在心中升腾着。田秀认为青年时期的第一次爱情的机会失去了，今天机会又来了，应该把握好这次老天爷给她降临的时机。她想，如果和邵大光不能成为恋人，那么成为异性知己也是一件很幸福的事情。只要能经常看到他，和他在一起谈话唠嗑，也是一种难得的享受。自己的苦乐向暗恋的人倾诉，从中能得到安慰和鼓励，那是多么惬意的事啊！田秀决心要向老师敞开心扉，求得老师的谅解，同意她辞去职务，回国团聚。

老师很支持田秀的决定，但对田秀也有个请求，那就是老师的外孙女明年暑期就要从北京医科大学毕业了。在实习期间，田秀的老师要求外孙女抽出时间到中医院去学习，回来就可以顺理成章地接替田秀。所以在此之前，还请田秀能继续帮忙打理。老师的请求，田秀同意了。

田秀把对邵大光的那份情感又重新埋藏在心里，继续做她的诊所所长工作。

在2010年春节前夕，田秀终于告别了诊所的生涯。虽然正是中国春节时分，东北已是一片白雪皑皑冰天雪地的景象。然而，在澳大利亚悉尼却正是绿树成荫，鲜花怒放的夏季。南北半球季节的相差真是成了明显的对比。田秀身穿一件乳白色无领有飘带结的丝质衬衣，深蓝色软纱长裙，脚蹬着一双白色半高跟软羊皮鞋，长发盘在脑后，脖子显得更加精致。她手里拉着一个中型的红皮箱，这一抹红色给她素雅的装扮带来鲜亮的衬托，田秀带着希望和笑容走进了悉尼国际机场大厅。想到就要回到生她养她的中国大地，想到就要和朝思暮想的邵大光相见，她心里觉得甜丝丝的。

田秀看到机场里接受安检的南腔北调的华人，她倍感亲切。是啊！多年的游子生涯，今天结束了。想到很快就要见到国内的亲人，田秀的脸上露出了欣慰的神情，眸子里射出一种期待的光芒。

后　记

　　我的前两部小说出版后，很多朋友与我联系，表示希望能够看到我的下一部作品。说实在话，由于本人年龄和身体的原因，很想放下手不再去写了，然而大家的鼓励和期待，使我情不自禁地又开始构思新的作品。深夜，我拉开窗帘望着星光闪闪的浩渺天空，新的思绪在我的脑海里萦绕着。于是，我打开本子提起笔静静地思考默默地写。

　　经过两年来的考察和我几十年的生活积累，一部反映上个世纪六十年代到本世纪初中国老百姓生活的小说《重逢》终于和读者见面了。

　　可以说，这部小说是我的心血之作。时代文艺出版社的陈琛社长知识渊博、平易近人，为这部小说能顺利地出版给予了指导和帮助。在责任编辑李天卿主任的编辑下，让我的这部作品更上了一层楼。对他们的支持和帮助，我一直心存感激之情。

　　在这里，我还要提到一个人，那就是我的丈夫张琪。我的每一部作品初稿出来后，他都要翻阅，并提出一些建议性的意见。由于我身体欠佳的原因，不能久坐，很多时间要躺着写，在电脑桌前打字更会加重病情。于是，打字的活儿他全包下。

我的几部小说及在报刊上发表的文章，全是他照着我的手稿，坐在电脑桌前一字一字敲打出来的。

如果这部小说《重逢》能给以读者一些启示的话，那我真的是感到很欣慰了。对于支持我帮助我的家人和朋友们，我要真诚地道一声谢谢。

二十世纪，中国大地曾发生了很多令人震惊的事情。作为一名目睹者，过来人，今天能以文字的形式把它展示在读者的面前，让更多的人通过《重逢》这部小说了解昨天，这是我最大的愿望。

上个世纪，中国城乡青年在艰苦的环境中，用他们超人的毅力和顽强的精神，走过了一道道坎，越过了一道道沟，在改革的大潮中找到了他们谋生的位置。我被故事里的情节所感动，为坚强不屈的人物所折服。

十多年来，我经常居住在澳洲。看到发达国家的先进与进步，感到我们国家有许多地方也正在发展前进，内心滋生愉悦之情。无论走到哪里，心里永远眷恋着生我养我的黑土地。走在悉尼的街头，我时而会想，我们国家经过百余年来的变迁，今天人民已经过上了安定的生活。近些年来，祖国经济迅猛发展，已经得到了世界人民的关注和重视，他们在仰视我们的国家。

好自豪啊！有时我也暗暗思忖，如果自己能晚出生几十年，该多好。然而，这只是我的一种美好愿望罢了。过去的时间哪里去了？已经流向江河，汇入大海，怎么抓也抓不到了。我心里常常默念着，年轻人啊，请珍惜当下吧，用你们的聪明才智和力量，去创造更加美好的明天吧！

我已经到了古稀之年，对于未来只能把希望寄托在青年人身上。因为他们才是今天和明天社会的创造者，崭新的道路会逐渐展开，让更多贫困的人改变命运，找到他们的落脚处。

　　想想我自己过去经历的蹉跎岁月，如今感受到儿孙满堂的天伦之乐，真是别有一番滋味涌心头。是的，我们这一代人曾因历尽沧桑而气度从容，又因心灵丰满而淡极生艳。很多事情即将开始，很多人的命运也会改变。

　　那个年代人们承受的重压，如今在他们这一代人身后，也许无人真正懂得前辈当年的艰辛与坎坷，更无法体验"文革"十年浩劫给人们带来巨大的苦痛和挫折。

　　我用小说的形式把当年老百姓生活的一个侧面展现出来，如果读者能为它所吸引，为之感动，那将是我最大的幸福了。

作者

2017年3月